FOLIO JUNIOR

Enquête au collège

Jean-Philippe Arrou-Vignod

Enquête au collège

Le mystère du Loch Ness

Illustrations de Serge Bloch

GALLIMARD JEUNESSE

Pour Aurélien et Camille

Une rencontre imprévue

L'aventure ne m'a jamais fait peur.

Une question de nature, je suppose. Il y a les gens taillés pour, prêts à se jeter tête baissée dans l'inconnu à la première occasion. Surtout lorsque cette occasion surgit à la fin du mois d'août, que la rentrée approche et qu'on s'appelle Rémi Pharamon, pensionnaire au collège Chateaubriand et cancre notoire.

J'avoue tout de même qu'en descendant du train j'étais obligé de me frotter les yeux pour réaliser ce qui m'arrivait. Tout s'était passé si vite... Qui aurait pu prédire la veille encore que je me retrouverais en Écosse, à Glasgow pour être exact, en train d'attendre sur un quai de gare ma correspondance pour un petit village perdu des Highlands ?

– Tu seras prudent, Rémi, n'est-ce pas ? Écris-moi dès que tu seras arrivé. Es-tu bien sûr de n'avoir rien oublié ?

Au moment de me mettre dans le train, ma mère avait redoublé de recommandations.

Mon oncle Firmin l'avait calmée : après tout, j'avais quatorze ans, j'étais bien capable de me débrouiller tout seul. Et puis, ce n'était pas comme si je partais pour le pôle Nord à bicyclette. L'Écosse est à peine à une journée de train, on m'attendait à l'arrivée, pourquoi se serait-elle inquiétée ?

Heureusement qu'il était là. Sans lui, je ne suis pas sûr que ma mère m'aurait laissé partir. J'ai fait le type blasé, le baroudeur. Mais quand le train a démarré, que j'ai vu leurs mains levées glisser le long de la fenêtre, j'ai senti une drôle de boule me serrer la gorge. C'était la première fois que je partais seul, et la lettre que je serrais dans ma poche n'avait rien pour me rassurer.

Une drôle d'invitation… Un appel au secours, plutôt, écrit d'une main si tremblante que j'avais eu du mal à reconnaître mon nom sur l'enveloppe : « Rémi Pharamon, aux bons soins de son oncle Firmin ».

Au message était joint un horaire de trains. Paris-Glasgow, avec changement à Londres.

Après, un tortillard desservant les Highlands et, cerné d'un trait de stylo rouge, le nom d'une petite ville introuvable sur l'atlas : Keays, arrivée 21 h 30.

Je n'avais pas hésité. Le temps d'enfourner trois chaussettes et un pantalon propre dans mon sac, ma torche électrique et mon canif à huit lames, j'étais prêt à partir.

Peut-être aurais-je dû y réfléchir à deux fois.

La nuit commençait à tomber sur la gare de Glasgow, la pluie tambourinait sur la verrière et un petit vent glacé balayait le quai. Je ne suis pas trouillard. Mais le voyage avait été long, mon sandwich au concombre était infect et je m'aperçus que je frissonnais dans mon K-Way trop mince.

Pas de peur, non. Mettons que je me sentais tout à coup très seul, un peu perdu dans cette gare inconnue.

Je terminai mon sandwich et me rendis sous les panneaux d'affichage vérifier une nouvelle fois l'horaire de ma correspondance.

Plus facile à dire qu'à faire quand tout est écrit en anglais. Comme avait dit ma mère avant de glisser dans mon sac un petit manuel de conversation, je n'ai pas le don des langues. Mlle Pencil, ma prof d'anglais, prétend qu'elle n'a jamais vu un élève aussi nul depuis la fin de l'ère glaciaire, ce qui, entre parenthèses, ne la rajeunit pas tellement.

Pour dire la vérité, je n'ai jamais compris que des types s'échinent à dire *How are you ?* quand ils pourraient dire bonjour comme tout le monde. Essayez de prononcer *railway station* avec un chewing-gum dans la bouche et vous comprendrez de quoi je parle.

Depuis mon séjour chez Mrs Moule, j'avais de bonnes raisons de me méfier de la traîtrise anglo-saxonne. Comment se fier à des gens qui roulent à gauche, adorent le pudding à la graisse de mouton et les sachets de feuilles sèches trempés dans l'eau tiède ? Je ne connaissais encore rien aux Écossais, mais une reproduction en cire de mon sandwich aurait pu figurer dans un musée comme illustration de leur radinerie légendaire.

Je tentai une nouvelle fois de trouver mon chemin dans la forêt de panneaux indicateurs. L'heure tournait, il était grand temps de gagner mon train. Quai n° 5, à ce que j'avais cru comprendre. Je descendis quelques marches, traversai un passage souterrain, remontai de l'autre côté. Pas de train.

Je redescendis, un peu inquiet. Un autre escalier s'ouvrait à droite. Je grimpai les marches quatre à quatre, bousculé par une foule pressée qui semblait prendre un malin plaisir à me shooter dans les mollets. Quai n° 7. Je m'étais encore trompé.

J'allais revenir sur mes pas quand les haut-parleurs se mirent à crachoter. Impossible de comprendre quelque chose à cette bouillie de mots. Il ne me restait plus que trois minutes pour ne pas rater mon train.

À l'idée de le manquer, de passer la nuit recroquevillé sur un quai de gare, mon sang ne fit qu'un tour. Je me ruai à nouveau dans les escaliers.

Dans ma précipitation, je ne vis pas le chariot à bagages qui en barrait l'accès. Je ne pus que me raccrocher au montant avant de dévaler les marches à la vitesse d'un bobsleigh.

L'atterrissage fut rude. Poursuivant son chemin, le chariot démantibulé alla finir sa course droit contre le mur, me projetant à terre dans une pluie de valises ouvertes, de caleçons et de brosses à dents.

« Bienvenue à Glasgow » disait l'affiche sur le mur. Sans doute un exemple typique d'humour écossais… À demi groggy, j'étais allongé au milieu des bagages éventrés, me demandant encore ce qui venait de m'arriver, quand une voix retentit au-dessus de ma tête.

– Rémi ! Qu'est-ce que tu fais là ?

Cette voix… Non, c'était impossible. Péniblement, je me redressai en clignant des yeux.

– Décidément, tu ne rates pas une occasion de te faire remarquer !

Il y eut un grand éclat de rire.

Devant moi, emmitouflée dans son caban trop large, se tenait Mathilde Blondin.

Une étrange disparition

– Figure-toi que je pourrais te demander la même chose. Qu'est-ce que tu fabriques ici ?

Installés face à face dans le compartiment, nous nous regardions avec ébahissement, maîtrisant à peine le fou rire qui nous gagnait.

Par chance, l'anglais n'a pas de secrets pour Mathilde : guidés par un contrôleur, nous avions fini par trouver le bon quai et sauter dans une voiture à l'instant même où le train s'ébranlait. Il filait maintenant à travers le crépuscule, laissant derrière lui les lumières scintillantes de Glasgow.

– La même chose que toi, je suppose, riposta Mathilde. Sauf que je ne m'amuse pas à faire de la luge dans les escaliers de la gare.

Très malin… Mathilde a beau être ma meilleure copine, je ne m'habituerai jamais à sa manière de se payer ma tête. Avec ses taches de rousseur, son nez pointu, elle ne rate pas une occasion de démontrer sa supériorité sur les pauvres garçons que nous sommes.

Mais nous étions trop ébahis l'un et l'autre de nous rencontrer ici pour commencer à nous chamailler. Combien de chances y a-t-il de tomber nez à nez sur sa meilleure amie au beau milieu d'une gare écossaise ? À peu près autant que de gagner au Loto ou de réussir un contrôle de maths.

Il y avait une embrouille là-dessous, c'était sûr.

– Toi d'abord, dit-elle en s'asseyant confortablement sur la banquette. Et essaie d'être clair pour une fois.

Le compartiment dans lequel nous étions installés était vide. Un vieux compartiment en bois comme on n'en voit plus que dans les films de Sherlock Holmes, avec un filet à bagages et des vues d'Écosse en noir et blanc au-dessus des appuie-tête.

Par la fenêtre, la nuit était complètement noire maintenant. Le train filait en hurlant, s'arrêtant dans de minuscules gares aux noms impossibles. Mathilde avait ouvert sur ses genoux un cake aux fruits confits, la pluie fouettait les vitres. Un délicieux frisson d'aventure me traversa l'échine tandis que je commençais.

– J'étais en vacances chez mon oncle Firmin. Pêche dans l'étang, soirées jeu de cartes, tu vois le genre… En fait, je m'ennuyais comme un rat mort.

– Moi j'étais à Biarritz. Plage, shopping, casino. Un vrai cauchemar.

– Et puis, un matin, je reçois au courrier une lettre de P. P.

– Moi pareil.

– Pas une lettre, exactement : plutôt une sorte de SOS.

– Un SOS ?

– Attends, je l'ai sur moi. Je vais te le lire.

Indubitablement, c'était l'écriture de P. P. Des jambages prétentieux, pleins de bouclettes et de zigouillis, mais tracés d'une main tremblante à l'encre rouge. Un rouge sombre, couleur de sang. Celui de P. P. peut-être…

Le message était rédigé à la façon d'un télégramme : « Ne suis pas sûr de tenir encore longtemps – stop. Danger faramineux – stop. Envoyer mission de secours d'extrême urgence – stop. Discrétion impérative ! – stop. La vie d'un ami extrêmement cher en dépend – stop. Adresse et indicateurs horaires joints – stop. Ton dévoué… arghh… »

– Arghh ? répéta Mathilde interloquée.

– Je te lis ce qui est écrit. Un râle d'agonie, je suppose.

Mathilde se gratta la tête avec une moue incrédule.

– Décidément, je n'y comprends rien.

– P. P. est en danger, dis-je. Je ne sais dans quelle histoire il est encore allé se fourrer, mais il a besoin de moi.

– Et moi, alors ? Je compte pour du beurre, c'est ça ? Tu aurais pu au moins me téléphoner.

– Mais je t'ai téléphoné ! Tu n'étais pas là.

– Forcément, dit Mathilde en haussant les épaules. J'étais à Biarritz.

La mauvaise foi de cette fille me tue. J'allais rétorquer, mais à quoi bon ? Contre Mathilde, je n'ai aucune chance.

– Figure-toi que j'ai reçu une lettre moi aussi, continua-t-elle.

– Tu vois…

– Non, rien ne colle. Lis toi-même.

Le papier qu'elle me tendit était un luxueux carton d'invitation rédigé à la plume. Dans le coin, imprimées à l'encre dorée, s'étalaient les armoiries d'un clan.

« John-Archibald de Culbert, douzième lord

de Keays Castle, prie Mlle Mathilde Blondin d'honorer de sa présence les fêtes qui seront données au château pour l'anniversaire du très estimable Pierre-Paul de Culbert, premier du nom. Tenue de soirée souhaitée, mais non exigée. »

– John-Archibald de Culbert ? répétai-je, au comble de la surprise.

– Un parent de Pierre-Paul, sans doute.

Non content d'être le cerveau incontesté de notre 4e 2, Pierre-Paul Louis de Culbert, P. P. Cul-Vert pour les intimes, appartient à une famille si noble qu'il pourrait figurer sur les timbres-poste à la place de la reine d'Angleterre.

C'est aussi le personnage le plus insupportable que je connaisse. Imaginez un bonhomme rondouillard et court sur pattes, si pénétré de sa propre importance qu'on dirait un ballon gonflé à l'hélium. La liste de ses défauts occuperait à elle seule tout le livre des records : de A comme « Avarice » à Z comme « Zigoto ».

Et pourtant, nous sommes inséparables. Ne me demandez pas pourquoi. Après les aventures que nous avons vécues ensemble, Mathilde, P. P. et moi formons un trio de choc, malgré nos chamailleries et une vie au collège pas toujours très rose. Seules les vacances avaient réussi à nous séparer. L'appel au secours de P. P. tombait à pic et je me serais fait hacher menu plutôt que de l'abandonner à son sort. Avec Mathilde dans le coup, notre petit groupe se reformait.

– Il y a quelque chose qui cloche, murmura-t-elle après un instant de réflexion. Quel rapport entre cette invitation et l'appel au secours de Pierre-Paul ?

– Peut-être s'est-il tellement gavé de petits choux à la crème qu'il agonise en ce moment dans d'atroces souffrances, suggérai-je.

Mais Mathilde avait raison. Quelque chose clochait. Chacun de notre côté, sans nous être consultés, nous avions répondu à l'appel de P. P. Mais auquel croire ? À son dramatique SOS ? Au carton d'invitation de Mathilde ?

– Au fait, dis-je. Tu t'es bien gardée de me téléphoner toi aussi, des fois que j'aurais voulu venir.

– C'était une invitation personnelle, fit Mathilde d'un petit air pincé en terminant son cake. Et puis je te vois assez mal en tenue de soirée, sans vouloir t'offenser.

J'allais trouver une réplique cinglante quand une secousse ébranla le wagon. Le train freinait. Déjà ? C'est à peine si j'avais vu le temps passer.

J'écrasai mon nez contre la vitre. Les lumières d'une petite gare tremblotaient dans le brouillard.

Un panneau fantomatique s'immobilisa lentement devant la fenêtre de notre compartiment. Un quai désert battu par la pluie. Un petit bâtiment de briques rouges.

C'était Keays. Nous étions arrivés.

Mathilde sauta sur ses pieds avant d'empoigner son sac à dos.

– Juste à l'heure. Cette fois, mon petit Rémi, pas de fantaisie avec les chariots à bagages. Je ne tiens pas à ce qu'on pense que je voyage avec un demeuré.

La médiocrité de cette attaque me tira un ricanement de dédain.

– Je plaisantais, corrigea-t-elle. À vrai dire, je ne suis pas fâchée que tu sois là. Cette histoire de double message ne me dit rien qui vaille. Il y a là-dessous un coup fourré ou je ne m'y connais pas.

Je haussai les épaules d'un air dégagé. La petite gare dans le brouillard n'avait rien de rassurant, mais P. P. nous attendait sûrement sur le quai.

Plus que quelques instants et nous aurions la solution au petit problème qui nous tracassait.

Le comité d'accueil

Mais nous eûmes beau scruter le quai, pas de P. P.

– Tu es sûre que c'est là ?

Mathilde se contenta de frissonner. La gare était déserte, comme ces bâtiments à l'abandon sur les petites lignes désaffectées de campagne. Une horloge lumineuse trouait le brouillard, un panneau métallique se balançait en grinçant. Charmante ambiance ! Il nous fallut un moment pour réaliser que nous étions les seuls passagers à descendre du train, comme si cette gare n'avait pas réellement existé. Puis un sifflet déchira l'obscurité, des portes claquèrent et le train disparut, nous abandonnant au milieu du brouillard.

– Pierre-Paul va m'entendre, gronda Mathilde. Il nous a posé un beau lapin.

– C'est la preuve qu'il a des ennuis. Quelque chose ou quelqu'un a dû l'empêcher de venir.

– En tout cas, j'espère que tu as une idée géniale. Pas question de poireauter ici une minute de plus !

– Attends, dis-je. Je crois qu'il y a quelqu'un. Nous allons pouvoir nous renseigner.

Une silhouette massive venait de surgir du brouillard, abritée sous un grand parapluie. Une femme. Plus d'un mètre quatre-vingts, des épaules carrées de *horse guard*, un menton en galoche. Une seconde, j'eus l'impression de reconnaître Mme Taillefer, l'infirmière du collège. Dans la lumière blafarde de l'horloge, la ressemblance était frappante : même stature, un air à peu près aussi souriant que la devanture d'un magasin de prothèses médicales.

– *How do you do ?* essaya Mathilde d'une voix mal assurée. *Could you please help us ?*

Au lieu de répondre, la femme s'empara d'autorité de nos bagages. Puis, toujours sans un mot, elle pivota sur les talons et gagna la sortie à grandes enjambées militaires.

– Hé ! m'écriai-je, attendez ! Qu'est-ce que vous faites ?

C'était trop fort ! Se faire faucher nos valises, juste sous notre nez ! Mais Mathilde me saisit le bras :

– Cesse de t'exciter, Rémi : tu ne vois pas que c'est le comité d'accueil ?

Nous lui embrayâmes le pas, moitié courant, moitié marchant, en nous jetant des regards perplexes. Quel était ce dragon ? Décidément, P. P. avait intérêt à trouver des explications convaincantes.

Nous n'étions pas au bout de nos surprises. Devant la gare, moteur ronronnant, une voiture nous attendait. Une Rolls-Royce, de la taille approximative d'une locomotive.

Je poussai un sifflement admiratif pendant que la femme jetait sans ménagement nos bagages dans le coffre. Désignant la banquette arrière, elle nous fit signe de monter. Puis, s'installant au volant, elle ôta son chapeau de pluie pour se coiffer d'une casquette bleu marine de chauffeur, bloqua la sécurité des portes et mit les gaz.

– Sacré P. P. ! ne pus-je m'empêcher de murmurer. Il ne se mouche pas avec le dos de la cuillère ! C'est bien la première fois que je me fais conduire en Silver Shadow par un chauffeur de maître.

On ne se serait pas cru dans une voiture. Plutôt dans un salon confortable, aussi vaste qu'un terrain de football, qui sentait bon le cuir et le bois verni. Des bouteilles et des verres en cristal tintinnabulaient dans le bar, il y avait un téléphone, un téléviseur encastré dans le dossier du siège avant. Il ne manquait plus qu'un feu de cheminée pour que l'illusion soit complète.

–Un whisky ? Un doigt de brandy ? plaisantai-je. Un cigare ?

Mathilde eut une grimace.

– Pourvu qu'on arrive vite, murmura-t-elle en portant la main à sa bouche. La suspension me donne mal au cœur. Je crois que je vais vomir.

La femme conduisait sans un mot, l'œil rivé à la route. Le brouillard était si dense qu'on voyait à peine les bas-côtés. À un moment, il me sembla que nous traversions un village, puis ce fut à nouveau l'obscurité complète.

Enfin, la voiture ralentit. Le nez collé à la vitre, je devinai une longue allée plantée d'arbres. Au fond, les phares silhouettèrent un instant la grille monumentale d'un parc. Puis nous plongeâmes à nouveau dans une mare de brume.

Mathilde poussa un petit cri étouffé :

– Rémi ! Tu ne devineras jamais ce que je viens de voir ! Un zèbre ! Il y avait un zèbre sur le bord de la route !

– Un zèbre en Écosse ? Pourquoi pas un éléphant rose tant que tu y es ?

– Je te jure que je l'ai vu ! Un zèbre aux yeux tristes, avec de longs cils, qui nous regardait passer !

Mais la Rolls venait de s'arrêter. La femme coupait le contact quand quelque chose tomba sur le capot avec un bruit lourd. Au même instant, un cri déchirant se fit entendre, une sorte de plainte à vous glacer le sang.

À travers le pare-brise ruisselant, nous eûmes le temps d'apercevoir une sorte d'immense éventail qui se déployait, surmonté d'une petite tête pointue. Puis la chose sauta à terre et s'évanouit dans le brouillard.

– Un paon ! bredouilla Mathilde. Un zèbre et maintenant un paon !

Nous étions en Écosse, au pays des fantômes, mais là, ça commençait à faire beaucoup pour une seule nuit. Le voyage portait sur les nerfs de Mathilde. Encore un peu et elle verrait des ours en tutu sautant à travers un cerceau !

Pour l'instant, nous étions arrivés à Keays Castle. Le chauffeur vidait déjà la malle de nos bagages, visiblement peu impressionné par l'incident.

Dans un cliquetis de clefs, elle manœuvra la lourde porte de la demeure, et nous nous engouffrâmes à sa suite à l'intérieur du château.

Une nuit mouvementée

Nous fûmes accueillis dans le hall par le tintement sinistre d'une horloge sonnant onze heures. Dong ! Dong ! Chaque coup, répercuté par les murs de pierre, se perdait en échos sans fin sous des plafonds si hauts qu'ils disparaissaient dans l'ombre.

Impressionnés, nous nous tînmes un moment sur le seuil, espérant voir P. P. surgir des profondeurs de la demeure, bras ouverts, pour nous accueillir.

Mais rien ne se passa ainsi. Avec un geste de reproche, la femme (elle avait enlevé sa casquette pour revêtir un tablier blanc de gouvernante) nous montra nos baskets qui dégoulinaient sur le carrelage. Je cherchai des yeux un paillasson. Mais, hormis quelques armures, le hall était à peu près nu et aussi accueillant que la chambre froide d'un boucher.

C'est donc en chaussettes, les baskets à la main, que nous la suivîmes le long d'un escalier aux marches tendues d'un tapis rouge et râpé. En haut s'ouvrait un couloir interminable. Nous l'enfilâmes jusqu'au bout, puis grimpâmes un nouvel escalier, plus étroit cette fois, qui s'élevait en colimaçon dans ce qui semblait être une tour d'angle.

Nous débouchâmes enfin sur un palier, devant deux portes contiguës. C'étaient nos chambres.

Le chauffeur-gouvernante entra dans la première, y déposa le sac de Mathilde, puis me conduisit dans la seconde.

Au moment de refermer la porte, elle émit une sorte d'aboiement rauque et étranglé. C'était le premier son qui sortait de sa bouche et je compris qu'à sa manière enjouée elle venait de me souhaiter bonne nuit. Le bruit de ses pas s'éloigna dans l'escalier, puis le silence retomba sur la demeure.

« Bon, me dis-je. Pas de panique. »

Question confort, ma chambre n'avait rien à envier au dortoir sinistre de l'internat. Une pièce immense, un parquet gondolé sur lequel étaient jetés quelques tapis et, au centre, un lit à baldaquin dont le sommier grinça horriblement quand je m'y assis, soulevant un nuage de poussière qui me fit éternuer.

En plus, il faisait un froid de canard. J'éternuai une nouvelle fois, me mouchai dans un pan de tenture moisie.

« Pas de panique », me répétai-je.

Mais seule l'imagination des tortures raffinées que je ferais subir à P. P. quand il me tomberait

sous la main m'empêchait en cet instant de prendre mes jambes à mon cou.

Ça, et un petit grattement qui me fit dresser l'oreille. Puis la tapisserie mitée qui ornait le mur du fond se souleva, révélant une petite porte latérale.

– Tu es visible ? lança Mathilde. Je peux entrer ?

– Qu'est-ce que tu crois ? Que je suis en train de me baigner nu dans du lait d'ânesse ?

– Ouah ! s'exclama-t-elle. C'est encore plus moche chez toi que chez moi.

– Excuse-moi, mais je n'ai pas encore eu le temps de retapisser.

– Nos chambres communiquent. Pratique, non ?

Sa manière de fouiller partout, les yeux brillants d'excitation, me mit en rogne.

– Je trouve que ça a du charme, finalement. Ces vieux meubles, ces armures… J'ai toujours adoré l'ambiance château hanté.

– Eh bien, tu es servie, dis-je avec humeur. Moi je ne reste pas une minute de plus dans cette glacière.

– Tu as un plan ?

– J'assomme la vieille, je fauche la Rolls et bonsoir tout le monde !

– À minuit passé ? Avec le temps qu'il fait ? Tu

n'irais pas bien loin, mon pauvre Rémi. Et puis, sans te vexer, je te vois mal piloter cet énorme tacot.

– Tu plaisantes ? Mon oncle Firmin m'a un peu appris à conduire cet été. Ce n'est pas une Rolls qui va me faire peur.

J'omis de dire que la première leçon de pilotage que j'avais prise, la dernière aussi, c'était sur le vieux tracteur de mon oncle. Bon, j'avais embouti le hangar, dévasté le poulailler sans pouvoir m'arrêter, mais c'était une tout autre histoire.

– Vu tes exploits sur le chariot de la gare, tu aurais plutôt intérêt à voler une trottinette…, suggéra Mathilde. Attends. Tu n'entends rien ?

Je dressai l'oreille. La pluie battait les carreaux d'un crépitement continu. Au loin cependant, mêlé au bruit du vent, une rumeur sourde montait, une sorte de rugissement étouffé qui s'éteignit dans un sanglot.

– Qu'est-ce que c'est ? fit Mathilde d'une voix blanche. On aurait dit…

Elle m'interrogea du regard, sans oser préciser sa pensée.

– Le cri d'un lion, dis-je, pas plus rassuré. C'est ce que j'ai entendu aussi.

Un lion, à Keays Castle ? Ça n'avait aucun

sens. Nous eûmes beau guetter un moment, plus rien ne se produisit. Il n'y avait plus que le bruit de la pluie et le mugissement du vent à travers les grandes pièces vides.

– Ridicule, dis-je enfin. Ce devait être les grondements de mon estomac.

Au même instant, un fracas de porcelaine brisée retentit dans la chambre de Mathilde.

– Ton estomac, hein ? Tu dois avoir un sacré talent de ventriloque, alors ! dit-elle en sautant sur ses pieds.

Les cheveux se dressèrent sur ma tête. Cette fois, nous n'avions pas rêvé. Quelqu'un se baladait dans la pièce d'à côté.

Il fallait en avoir le cœur net. En trois bonds, Mathilde avait déjà gagné la porte basse. Soulevant la tapisserie, nous risquâmes un œil dans sa chambre.

Personne.

C'était à devenir fou.

– Regarde, dit Mathilde en me plantant ses ongles dans le bras. Quand j'ai quitté la chambre, ce plat était encore sur la cheminée.

Il gisait maintenant sur le parquet, brisé en morceaux si petits qu'il aurait fallu un champion du monde de puzzle pour le reconstituer.

– Un courant d'air, suggérai-je sans trop y croire. Le plat aura glissé.

– Impossible, dit Mathilde. J'avais posé dedans ma montre et mon chouchou. Ils ont disparu.

Cette fois, c'était grave. Quelqu'un s'était introduit dans la chambre de Mathilde, avait fait main basse sur ses affaires avant de disparaître.

Mais par où ? Méthodiquement, nous fouillâmes la pièce dans ses moindres recoins. Personne sous le monumental lit à baldaquin. Personne non plus dans l'unique placard encombré de vieilles couvertures et d'oreillers éventrés.

Les fenêtres, étroites comme des meurtrières, étaient verrouillées de l'intérieur. Quant à la cheminée, unique voie par laquelle aurait pu passer un homme, le conduit en était barré par d'énormes crochets de fer.

– C'est à n'y rien comprendre, dit Mathilde en tombant sur le lit avec découragement. Le voleur ne s'est quand même pas volatilisé !

– Il y aurait bien une hypothèse…

– Un fantôme, hein ? ricana-t-elle. Ne compte pas sur moi pour croire à ces sornettes, même si nous sommes en Écosse.

– Non, non. Un truc que j'ai lu dans un livre, cet été. Une femme qu'on retrouve assassinée dans le conduit de la cheminée… Toutes les issues sont fermées de l'intérieur et…

– Tu n'as pas d'histoires plus gaies ? m'interrompit-elle en frissonnant. Tu veux que je passe la nuit à faire des cauchemars ? Pas question de rester seule, en tout cas. Je n'ai aucune envie qu'on vienne me trucider dans mon sommeil.

Elle se redressa d'un air décidé, ouvrit son sac et en sortit sa chemise de nuit.

– Je suis épuisée, ajouta-t-elle avant que j'aie eu le temps de protester. Je prends le lit. Tu n'auras qu'à dormir dans le fauteuil.

– Elle est bien bonne, celle-là ! Et pourquoi pas le contraire ?

– Parce que c'est *ma* chambre, décréta-t-elle. Maintenant, si tu veux bien passer une minute dans la tienne, je vais enfiler ma nuisette et me mettre au lit. Bonsoir.

Comment lutter contre tant de mauvaise foi ?

Le fauteuil était à peu près aussi confortable qu'une planche de fakir. Les ressorts trouaient le tissu, les coussins semblaient remplis de noix. Mais je n'avais aucune envie moi non plus de rester seul.

Je passai un pyjama, mon pull marin, une paire de grosses chaussettes de laine et regagnai la chambre de Mathilde. M'emmitouflant dans des couvertures qui sentaient le moisi, je cherchai péniblement une position.

– Tu dors ? murmurai-je.

Pas de réponse.

– Mathilde, la lumière. Tu as oublié d'éteindre la bougie.

Un ronflement discret me répondit. Bien douillettement lovée au fond du lit, Mathilde dormait déjà.

Étouffant un juron, je repoussai les couvertures et traversai la pièce en clopinant. Je soufflai la bougie, regagnai à tâtons ma planche de torture.

La nuit était fichue. Dehors, le vent hurlait, Mathilde ronflait allègrement. Qu'étais-je venu faire dans cette galère ?

Attention, peinture fraîche

Quand j'ouvris les yeux, il faisait grand jour. Un beau soleil d'été jouait à travers les fenêtres à vitraux, projetant jusqu'à mon fauteuil une mosaïque de losanges colorés.

Mes paupières semblaient collées au ciment. Péniblement, je posai un pied par terre, tentant de m'extraire de ma couche de douleurs. J'avais l'impression d'avoir dormi dans le tambour d'une machine à laver tant j'étais courbatu.

Le lit de Mathilde était vide.

Je pris le temps de mâchouiller mollement ma brosse à dents, de passer un peigne édenté dans ma tignasse. Peine perdue. Les épis se dressaient sur mon crâne, on aurait dit ma mère lorsqu'elle sort de chez le coiffeur, les cheveux si hérissés par le brushing qu'il paraît avoir été fait par une bombe à neutrons.

Le filet d'eau qui coulait du robinet était glacial et me remit les idées en place. Les péripéties de la veille me revenaient par bribes : l'appel au secours de P. P., le carton d'invitation reçu par Mathilde, notre rencontre surprise à la gare de Glasgow, l'arrivée au château et l'absence de P. P., le fric-frac incompréhensible dans la chambre de Mathilde… Mais aussi les étranges apparitions qui nous avaient accueillis, le rugissement de fauve au milieu de l'orage…

Comme tout cela paraissait absurde par ce beau soleil ! Même Keays Castle semblait moins sinistre au grand jour. Je descendis l'escalier en colimaçon, longeai l'interminable corridor à la recherche de Mathilde.

Je la trouvai attablée dans la salle à manger, devant un petit déjeuner qui me remit du baume au cœur.

– Bien dormi ? me lança-t-elle en croquant dans un énorme croissant au beurre. Assieds-toi. La marmelade d'orange est un vrai régal.

Mon couvert était disposé à l'autre extrémité de la table, à peu près aussi longue qu'une piscine olympique et surmontée d'un lustre en cristal d'où pendaient des toiles d'araignées. À côté de mon assiette était posé un téléphone. À peine avais-je déplié ma serviette qu'il se mit à sonner.

Je décrochai, un peu ahuri.

– *How do you do ?*

– C'est moi, imbécile, fit la voix de Mathilde dans le combiné. Plutôt pratique ce téléphone, non ? Ça nous évitera de hurler comme des putois… Thé ? Chocolat ?

– Chocolat, mais…

– Un instant. Je sonne Cornélia.

Je la vis qui agitait une sonnette à l'autre bout de la table. Une porte s'ouvrit comme par enchantement et notre hôtesse entra, portant sur un plateau un pot fumant.

– Une femme charmante, expliqua Mathilde au téléphone. Je n'ai pas pu lui tirer un mot, mais d'après l'inscription brodée sur son tablier, elle s'appelle Cornélia.

– Cornélia ou pas, je n'aimerais pas qu'elle me colle une beigne, dis-je en grimaçant un sourire de remerciement tandis que Cornélia me servait mon chocolat.

– Aucune nouvelle de Pierre-Paul, en tout cas. Je ne sais pas ce qu'il manigance, mais je suis bien décidée à tirer l'affaire au clair. Quand tu auras fini de te goinfrer, nous pourrons peut-être faire une petite visite du château.

À part mon sandwich au concombre et le cake de Mathilde, je n'avais rien mangé la veille. Je laissai le téléphone décroché pour avoir la paix et me tapai le meilleur petit déjeuner de toute ma vie.

Comme dit mon oncle Firmin, c'est avec l'estomac qu'on gagne les grandes batailles. Huit croissants et deux tasses de chocolat plus tard, j'étais plein comme une outre et prêt à suivre Mathilde où elle voudrait.

Le château ressemblait à un labyrinthe. Une multitude de pièces, toutes plus nues et plus froides les unes que les autres, ouvraient sur d'autres pièces encore plus nues et plus froides. On se serait crus dans un jeu vidéo, incapables de trouver la porte ouvrant sur le monde suivant. Les murs étaient décorés de trophées de chasse, d'armes du Moyen Âge et de portraits de gentilshommes aux visages aussi riants que celui de notre principal.

Comme nous ouvrions une lourde porte cloutée, Mathilde poussa un cri.

Je ne connais rien de plus exaspérant que cette manière qu'ont les filles de hurler à tout bout de champ. Pourtant, en découvrant à mon tour le spectacle qui s'offrait derrière la porte, je crus que j'allais avoir une attaque.

Le salon dans lequel nous venions d'entrer avait un plafond voûté, de larges baies vitrées par lesquelles le soleil entrait à flots. Une odeur de dissolvant et de térébenthine flottait dans l'air et prenait à la gorge.

– Ton tête, s'il vious plaît, fit une voix. Un pé plious à drouette, s'il vious plaît.

Debout devant la fenêtre, un peintre à béret armé d'une immense palette était occupé à badigeonner à petits coups de pinceau une toile posée sur un chevalet.

Le modèle auquel il s'adressait avait la tête fièrement levée, un gros livre à la main et d'énormes lunettes qui luisaient dans le soleil. Malgré le kilt à carreaux et les chaussettes à pompons qui lui montaient jusqu'aux genoux, il n'y avait aucun doute possible.

– P. P. !

Nous nous étions exclamés d'une seule voix.

P. P. eut un sursaut de surprise. Le tabouret sur lequel il se tenait vacilla dangereusement. Il tenta de se retenir à une tenture, y resta un instant suspendu, battant l'air de ses petites jambes, puis le rideau se déchira.

Il y eut un grand craquement d'étoffe, le boum d'une tête heurtant le chevalet. La seconde d'après, entortillé dans le rideau, P. P. gisait au milieu des pots de peinture, clignant des paupières et contemplant d'un air navré le tableau saccagé.

– Rémi, Mathilde ! couina-t-il. Pour une surprise !

– Je ne te le fais pas dire.

– Vous avez tout gâché, geignit-il. Le tableau était presque fini : mon portrait en pied ! Une semaine de pose pour rien !

Je jetai un regard sarcastique à la toile. Couverte

de giclures multicolores, on aurait dit maintenant une publicité pour une pizza géante.

– Plutôt ressemblant, dis-je. Félicitations, P. P. Avec quelques rondelles de salami en plus, l'illusion sera parfaite.

– Si vious n'avez plious bésoin dé moué, nous pourrons pétêtre réprendre démain, suggéra le peintre en rangeant son matériel avec un flegme imperturbable.

Les lunettes mouchetées de taches violettes, le rideau drapé autour du torse à la façon d'une toge romaine, P. P. était grotesque à voir et nous ne pûmes nous empêcher d'éclater de rire.

– Un chef-d'œuvre destiné à notre galerie de famille, bégaya-t-il. Le clou de la collection !

– Au lieu de te lamenter, tu pourrais nous donner quelques explications, intervint Mathilde quand le peintre eut quitté la pièce. Nous sommes là depuis hier soir et monsieur se fait tirer le portrait par un barbouilleur comme si de rien n'était ! Merci de ton accueil, Pierre-Paul ! Je m'en souviendrai de tes invitations !

– Ce barbouilleur, comme tu dis, pauvre ignare, est le peintre officiel de la famille royale, rétorqua noblement P. P. en crachant sur ses lunettes pour les nettoyer. Son portrait du caniche nain de la duchesse de Cupoftea est exposé au Louvre, juste à côté de la *Joconde* !

– Et c'est lui, je suppose, qui a eu l'idée de cette jupette ridicule, dit Mathilde en désignant le kilt de P. P.

– Pour ta gouverne, ma chère Mathilde, cette jupette est le costume traditionnel de notre clan depuis 1220.

– Nous sommes au XXIe siècle, P. P., au cas où tu ne l'aurais pas remarqué.

P. P. haussa les épaules.

– Tu oublies que tu parles à Pierre-Paul Louis de Culbert, premier du nom et héritier d'une longue tradition de génies.

– Balivernes ! s'emporta Mathilde. J'attends tes explications.

– Et elles ont intérêt à être convaincantes, ajoutai-je en me frottant le poing. Quand j'en aurai fini avec toi, ta bouille de génie risque fâcheusement de ressembler à ce portrait de pizza écrasée…

– D'accord, d'accord, convint P. P. Je vous dois quelques éclaircissements. Mais pas ici. Des oreilles indiscrètes pourraient nous entendre. Suivez-moi dans mes appartements. Le temps que je me débarbouille un peu et vous saurez tout.

Les étranges vacances de P. P.

– Tu as trente secondes, dit Mathilde. Montre en main.

Nous nous trouvions dans la chambre de P. P. qui semblait prendre un malin plaisir à jouer avec nos nerfs.

Il avait d'abord fallu attendre qu'il prenne une douche, puis qu'il enfile des vêtements propres. Ensuite, il s'était beurré une longue tartine, sur laquelle il avait étalé un demi-pot de rillettes.

– Je fais un régime, expliqua-t-il. J'ai dû renoncer à mon mélange Nutella et saucisson à l'ail.

– Nous n'avons pas fait une journée de train pour te regarder te remplir la panse, dit Mathilde avec exaspération. Au cas où tu l'aurais oublié, c'est toi qui nous as fait venir ici.

– Pour quelqu'un qui lance des SOS, tu n'as pas l'air trop mal en point, remarquai-je en le regardant engloutir son sandwich.

– Et ce carton d'invitation ? Je croyais que ton anniversaire tombait en avril ?

– Un double coup de génie, mes amis, dit P. P. avec satisfaction. Le moyen le plus sûr de vous attirer ici. En adressant cet appel au secours à ce bon Pharamon, j'étais sûr qu'il foncerait jusqu'ici, prêt à en découdre avec la terre entière… Pour toi, ma chère Mathilde, c'était encore plus facile : tu n'as jamais su résister aux occasions de faire étalage de ta garde-robe. J'ai misé sur ce penchant à la coquetterie si typiquement féminin, et ça a marché.

– Tu veux dire que tu as inventé toutes ces âneries pour nous faire venir ? s'étrangla Mathilde.

– Cela s'appelle de la psychologie, se rengorgea P. P. Une petite ruse bien innocente, et sans laquelle vous n'auriez su convaincre vos parents de vous laisser partir…

Il n'avait pas tout à fait tort sur ce point. Je connais les parents de Mathilde : la seule évocation d'un château les fait grimper aux rideaux. Quant à moi, j'avais marché comme un seul homme. L'appel au secours de P. P. était tombé à point pour me sauver de l'ennui des vacances chez mon oncle Firmin. Maintenant que je savais que P. P. ne courait aucun danger, j'en étais presque déçu. Je ne sais pas ce qui me rendait le plus furieux : avoir été grugé par P. P. ou les promesses d'aventures qui s'envolaient.

– Tu m'arraches à des vacances de rêve à Biarritz, tu ne viens même pas nous chercher à la gare, et tu voudrais qu'on t'applaudisse pour ta minable petite combine ? explosa Mathilde. Donne-moi une seule bonne raison pour ne pas faire mon baluchon séance tenante et rentrer chez moi !

– Patience, dit P. P. Tu penses bien que je n'aurais pas usé mon argent de poche pour acheter deux timbres si l'affaire n'avait pas été d'importance.

Farfouillant dans le capharnaüm qui couvrait son bureau, il en tira une vieille carte routière et la déplia triomphalement.

– Regardez. Voilà la région des Highlands, dans le nord de l'Écosse. Le village de Keays, où nous nous trouvons, est ici. D'après vous, qu'est-ce que c'est que ça ?

– Un gros doigt boudiné, suggérai-je. Avec un ongle rongé au bout et des miettes de rillettes.

– Mais non ! Cette tache bleue, là, juste à côté du village.

– Je ne sais pas, moi. Un lac, peut-être.

P. P. leva les yeux au ciel.

– Pas un lac, ma pauvre Mathilde. Un *loch* ! Et pas n'importe lequel ! Le plus connu, le plus mystérieux, le plus mirifique de tous les lochs d'Écosse !

– Tu ne veux pas dire…

– Si ! Le Loch Ness ! La plus extraordinaire étendue d'eau d'Europe, le refuge du fameux monstre que tous les chercheurs du monde s'échinent à découvrir depuis la nuit des temps !

– Fariboles, gronda Mathilde. Le seul monstre de la région, à mon avis, c'est toi.

– Voilà toute l'explication, continua P. P. sans se laisser démonter. L'explication de ces invitations, pas très orthodoxes, je le concède volontiers, l'explication aussi de mon absence hier à la gare… Vous avez devant vous l'unique, le faramineux, l'incroyable Pierre-Paul Louis de Culbert, le premier homme à avoir résolu l'énigme du monstre du Loch Ness !

Mathilde et moi nous regardâmes avec atterrement. Ce pauvre P. P. déraillait complètement.

– Le climat n'a pas l'air très sain, dis-je en hochant la tête. Je crains qu'il t'ait tapé sur le système.

– Euh, naturellement, je ne l'ai pas encore

trouvé… Mais je brûle, mes amis, je brûle ! Avec vous deux ici, c'est comme si c'était fait.

À cet instant, un mugissement atroce s'éleva quelque part. Une sorte de cri perçant et modulé, entre le miaulement d'un chat étranglé et le concert d'un troupeau de baleines, dont les échos répercutés par les murs épais de la demeure nous firent faire un bond sur place.

De ma vie je n'avais entendu son plus horrible. Les tympans vrillés, les jambes flageolantes, j'interrogeai P. P. du regard.

– Ma dernière invention, hurla-t-il pour couvrir l'ignoble meuglement. Venez, je vais vous montrer.

L'invention du siècle

Nous le suivîmes en nous bouchant les oreilles jusque dans un vaste grenier mansardé. Plus nous nous en approchions, plus le mugissement était insupportable.

Seuls ceux qui ont entendu P. P. Cul-Vert jouer de la flûte en cours de musique peuvent se faire une idée de ce que nous endurions. Je n'aurais pas souhaité ça à mon pire ennemi.

Le vacarme provenait d'un étrange appareil, constitué d'une peau de mouton, de tuyaux de pipes et bardé de fils électriques qui convergeaient vers une batterie de tondeuse à gazon.

P. P. coupa l'interrupteur. La peau de mouton se dégonfla comme un ballon, les tuyaux retombèrent mollement sur les côtés. Il y eut un dernier couac, puis l'atroce musique mourut dans un ultime gargouillis à la façon d'un évier brutalement débouché.

– Alors, qu'en pensez-vous ? s'exclama fièrement P. P.

– Si tu rebranches une seule fois ce machin, dit Mathilde d'une voix exténuée, je te laboure le visage jusqu'au sang. Je n'ai rien entendu de pire depuis les répétitions du groupe rock du collège.

– Un truc comme ça devrait te valoir la prison à vie, dis-je à mon tour.

– La jalousie vous égare, mes amis. Cet appareil de ma fabrication sera bientôt breveté. L'idée en est simple mais géniale, comme toutes les inventions destinées à changer le cours de l'histoire humaine.

– D'accord avec toi : à côté, la bombe atomique n'est qu'un vulgaire pétard inoffensif.

P. P. haussa les épaules.

– Ce que tu as devant toi, mon brave Pharamon, n'est autre que la première cornemuse électrique à propagation sous-marine. Une petite merveille de technologie, capable de diffuser dans l'eau le son amplifié de cet instrument à vent.

– Aïe ! gémit Mathilde. Mauvaise nouvelle pour les poissons !

– D'accord, ça n'est pas encore tout à fait au point. L'appareil a tendance à se déclencher tout seul par moments. Encore quelques petits réglages et vous pourrez me baiser les pieds.

– À part terroriser les fonds marins, à quoi sert ce bidule ? fis-je, plutôt intrigué.

– Une petite explication s'impose, en effet. Pour l'instant, je vous demande le plus grand secret sur ce que vous venez de voir ici. Des puissances étrangères mal intentionnées donneraient des fortunes pour s'emparer de ce bijou.

Tandis qu'il débarrassait quelques fauteuils, je parcourus des yeux le grenier.

P. P. en avait fait son atelier, à en juger par les monceaux de rebuts qui s'entassaient à même le sol : bouts de tuyaux, pièces de moteur, morceaux de ferraille, rouleaux de fil électrique, outils en tout genre se mélangeaient à des restes de sandwichs verdâtres. Il y avait aussi une table de billard au feutre râpé, un flipper auquel il manquait un pied, des piles de livres poussiéreuses et un petit réchaud à gaz sur lequel une casserole gondolée tenait en équilibre.

– Je comprends votre surprise, commença P. P. Qui aurait pu penser que ce vieux château abritait un laboratoire ultramoderne ? Trop longtemps, la chasse au monstre du Loch Ness a été réservée à quelques amateurs à l'intelligence limitée et aux moyens plus frustes encore. Résultat ? Depuis un siècle, c'est à peine si l'on possède du monstre quelques mauvais clichés en noir et blanc. Il fallait attendre un génie de ma trempe pour que l'espoir renaisse. C'est pourquoi, quand mon cher oncle Archibald m'a invité à passer le mois d'août ici, j'ai sauté sur l'occasion. Mais j'avais besoin d'assistants, de quelques disciples dévoués pour m'aider à accomplir cette tâche colossale : résoudre enfin l'énigme du monstre du Loch Ness...

– Pardon de t'interrompre, Pierre-Paul, mais je ne vois pas ce que ta cornemuse aquatique vient faire là-dedans.

– Justement, beugla P. P. en s'animant, il fallait être moi pour y penser ! Ne vous êtes-vous jamais demandé pourquoi, parmi tous les lacs du monde, il n'y a qu'en Écosse qu'on trouve Nessie ?

– Franchement non.

– La réponse crève les yeux, pourtant, ou les oreilles, comme vous préférez... Tout simplement parce que l'Écosse est le seul pays du monde où l'on joue encore de ce magnifique instrument folklorique qu'on appelle cornemuse.

– Et alors ?

– Réfléchis, mon bon Pharamon. Il n'y a qu'à rapprocher ces deux faits. Quelle que soit la bête qui hante ce loch, survivant de la préhistoire ou serpent de mer d'une espèce encore inconnue, nous avons affaire à un monstre mélomane ! Un amateur de cornemuse, qui, par ses timides apparitions, n'a d'autre désir que de s'adonner à son plaisir favori : jouir des doux sons de ce vénérable instrument.

Mathilde leva les yeux au ciel.

– C'est le plus grotesque raisonnement que j'aie jamais entendu.

– Forcément, rétorqua P. P. Comment une fille pourrait-elle comprendre la profondeur de mon génie ?

– En admettant que tu aies raison, dis-je, à quoi sert ton invention ?

– Facile : en diffusant sous l'eau les sons amplifiés de la cornemuse, j'attire le monstre. Plus besoin d'attendre une hypothétique apparition. L'appareil sert d'appeau, comme dans la chasse au canard.

Il sauta sur ses pieds, ravi de son petit effet.

– Mais ce n'est pas tout. En attendant que mon appeau fonctionne, j'ai mis au point une autre invention : un appareil photo à déclenchement automatique. Posé au bord du loch, il immortalise tout ce qui bouge grâce à une petite cellule photoélectrique. Il suffit que quelque chose apparaisse dans l'objectif, même de nuit, et hop ! le flash se déclenche et la photo est dans la boîte.

Cette fois, nous en restâmes sans voix. Si exaspérant que soit P. P., son cerveau grassouillet fonctionne à la vitesse d'une idée par seconde.

– Tenez, j'ai déjà les premiers résultats, dit-il en nous fourrant sous les yeux quelques photos cornées. Pas très probants encore, mais ce n'est qu'un début.

Les photos étaient floues. Sur la première, on voyait le visage de P. P. démesurément agrandi comme celui d'une grosse mouche tandis qu'il réglait l'objectif. Sur une autre, la gaule d'un pêcheur. Sur la troisième, P. P. dégringolant de la berge en vol plané, un parapluie à la main, sous une pluie diluvienne.

La dernière, prise au flash, montrait un hibou clignant des yeux et l'étendue obscure du loch.

– Pas très probant, en effet, résuma Mathilde en se tordant de rire.

– C'est la raison pour laquelle je ne suis pas venu vous chercher hier, fit P. P. un peu vexé. J'effectuais des réglages de nuit.

– Au fait, j'y pense, dis-je en me frappant le front. Cette nuit, nous avons cru entendre quelque chose. Un rugissement de fauve. Est-ce que ce ne serait pas un coup de ta cornemuse, par hasard ?

– Impossible. Je ne l'ai branchée que ce matin.

– Il y a aussi ma montre et mon chouchou, intervint Mathilde. Quelqu'un est entré dans ma chambre, les a volés avant de disparaître alors que toutes les issues étaient fermées.

P. P. se gratta le menton.

– Bizarre, en effet. Il faudra résoudre ce petit problème.

– Petit problème ? Tu en as de bonnes : une montre qui m'a coûté tout mon argent de poche de l'été !

– Pour ce qui est du rugissement, je crois que je connais la solution, dit P. P. avec un petit sourire énigmatique. Venez avec moi, vous allez comprendre.

Les habitants de Keays Castle

L'arrivée de nuit, dans la Rolls conduite par Cornélia, ne nous avait donné qu'une idée très approximative du château et de son parc.

Conduits par P. P., nous commençâmes une visite guidée des lieux. Malgré notre impatience, il refusa de nous en dire plus, préférant étaler son savoir encyclopédique et jouer au maître de maison.

– Admirez cette façade, du plus pur style XVIIIe siècle. Keays Castle appartient à notre famille depuis vingt-trois générations.

– Ce qui fait remonter tes origines à l'homme de Cro-Magnon, remarqua Mathilde. Je me disais aussi qu'il y avait une certaine ressemblance.

– Une belle baraque, dis-je avec un petit sifflement d'admiration. J'ignorais que tu avais de la famille en Écosse.

C'était un bâtiment en pierre rose, avec une façade tout en longueur qui ressemblait à Moulinsart. À côté, le cabanon de mon oncle Firmin avait l'air d'une niche en ruine. Tout autour s'étendait un parc immense planté d'arbres centenaires dont les pelouses descendaient en pente douce presque à perte de vue.

– John-Archibald est un oncle éloigné du côté de ma mère, dit P. P. avec désinvolture. Un milliardaire un peu excentrique qui a consacré sa vie aux sciences naturelles. Il s'est retiré ici il y a quelques années. Vous le verrez certainement ce soir, au dîner.

– Un jardin pareil, ça doit demander un maximum d'entretien, remarqua Mathilde, toujours pratique.

– 800 hectares, expliqua P. P. 16 jardiniers à plein temps. 37 espèces de roses répertoriées. Et vous n'avez pas encore vu le plus beau…

– Beaucoup trop pour mes pauvres pieds, en tout cas, dis-je avec une grimace. Je déteste les balades au grand air.

– Qu'à cela ne tienne, rétorqua P. P.

Il sortit de sa poche ce qui ressemblait à un petit sifflet de marine. Le portant à sa bouche, il émit un sifflement bref et modulé.

Aussitôt, un minuscule engin surgit de l'angle du château : une voiture électrique de caddie comme on en voit sur les terrains de golf, conduite par l'inévitable Cornélia, et qui vint se garer devant nous.

– *Thank you*, Cornélia, dit P. P. avec son inimitable accent anglais. Vous pouvez disposer.

Respectueusement, elle lui tendit les clefs de contact, s'inclina d'une courbette et rentra dans le château.

– Si vous voulez prendre place, les amis…

– De mieux en mieux, Pierre-Paul, fit Mathilde, sidérée. À la place de Cornélia, je t'aurais fait avaler ton sifflet.

– Bah, dit P. P. en s'installant au volant. De nos jours, on ne trouve plus de domestiques.

J'étais trop estomaqué pour dire quoi que ce soit. Je pris place à l'arrière de la voiturette, pliant les jambes comme je pouvais tandis que Mathilde montait à côté de P. P.

Ce dernier lâcha le frein trop brutalement. L'engin fit un bond en avant, évita de justesse une lourde jarre de fleurs. Cramponné au volant, les yeux exorbités, P. P. braqua à fond, soulevant un nuage de sable sur l'allée. La voiture fit encore quelques zigzags, puis, se redressant, fila sur le gazon comme une savonnette au fond d'une baignoire.

– Ralentis ! Tu vas nous tuer !

Mais P. P. ne maîtrisait plus rien. À chaque trou de taupe, la voiture bondissait joyeusement, éventrant les massifs, poursuivant les jardiniers qui, à notre passage, soulevaient respectueusement leur chapeau avant de détaler ventre à terre.

Par chance, le véhicule n'était pas très puissant. Sur un cahot plus rude que les autres, le pied de P. P. glissa de l'accélérateur et la voiture vint mollement mourir contre un talus de gazon bien gras.

– Bravo ! s'exclama Mathilde. Tu consommes combien de jardiniers par jour ?

– Oh, à peine un ou deux, dit P. P. piteusement. Je ne suis pas encore tout à fait familiarisé avec la conduite à gauche.

– On s'en est aperçus… Si tu laissais le volant à Rémi avant d'avoir saccagé entièrement l'héritage familial ?

P. P. s'exécuta en rechignant. Il ne me fallut pas plus d'une minute ou deux pour avoir bien en main cette voiture de nain, et nous pûmes poursuivre plus tranquillement notre promenade, chauffés par le beau soleil qui perçait la voûte des arbres.

– Regardez ! cria Mathilde comme nous longions les bords d'un petit étang. Un paon qui fait la roue ! C'est lui qui a sauté sur le capot de la Rolls hier soir !

– Le parc en abrite une demi-douzaine, dit P. P. Des flamants roses, aussi, des pélicans, des autruches d'Australie…

– Et là ! Regardez !

Ce qu'elle montrait aurait pu passer de loin pour un troupeau d'ânons folâtrant dans la prairie. Des ânons au pelage rayé de bagnard comme je n'en avais vu encore qu'à la télévision.

– *Caballus africanus*, dit doctement P. P. Plus vulgairement des zèbres.

– Comme ils sont mignons ! s'exclama Mathilde avec attendrissement. Rémi, j'attends des excuses immédiates. Je n'avais pas rêvé, hier soir.

Mais j'étais trop occupé à freiner à mort. Surgie d'un bouquet d'arbres, une chose brune et bondissante comme montée sur ressort venait de jaillir devant le capot.

– Un kangourou ! Comme il est mignon ! s'extasia une nouvelle fois Mathilde.

Le temps que dura la promenade, nous vîmes encore des daims, un couple d'émeus qui semblaient faire leur jogging, une famille de phacochères, une girafe et ses petits, et bien d'autres animaux encore…

La liste serait trop longue pour tous les citer. Comme P. P. daigna enfin nous l'expliquer, ils vivaient en semi-liberté dans le parc.

– C'est une idée de mon oncle Archibald.

L'entretien de Keays Castle coûte une fortune. Mon oncle a rassemblé là tous les animaux rapportés de ses expéditions à travers le monde et transformé le parc en jardin zoologique.

– Alors, le rugissement que nous avons entendu…

– Un lion. Un vieux solitaire. Vous voyez ces rochers là-bas, juste au bord du loch ? C'est là qu'il vit. Mon oncle lui apporte des quartiers de viande deux fois par jour.

– Comme il doit être mignon ! minauda Mathilde. Allons le voir.

La fosse était protégée par un épais grillage. Au fond, de gros rochers formaient une suite de grottes verdies par la mousse. Mais le lion restait invisible, à la grande déception de Mathilde.

– Je n'aimerais pas tomber là-dedans, dis-je en réprimant un frisson.

– Seul mon oncle a le droit d'y entrer. Le lion le connaît. Il ne ferait qu'une bouchée du visiteur qui s'aventurerait par mégarde dans la fosse.

Je repensai avec horreur au rugissement que nous avions entendu la veille. Décidément, Keays Castle recelait bien des surprises. Mais de tous les animaux qu'il abritait, nous n'avions pas encore vu le plus extraordinaire : Nessie, le monstre du loch, dont les eaux noires se devinaient en contrebas de la roche au lion.

Je garai la petite voiture à l'ombre d'un arbre et nous descendîmes à pied jusqu'à la rive, brûlant de découvrir le repaire du fameux monstre.

Je ne regrettais plus d'avoir répondu à l'invitation de P. P.

L'énigme de Nessie

La « cabane d'observation », selon l'appellation pompeuse de P. P., était un ancien abri de pêcheur en bois vermoulu, prolongé par un ponton qui s'avançait sur le loch.

P. P. l'avait aménagé à sa façon. Une chaise pliante, un morceau de carpette mangée par l'humidité, une étagère branlante supportant quelques couvertures, une paire de jumelles et d'autres ustensiles indéfinissables… Un hamac était tendu entre les parois, au-dessus d'une forêt de bottes en caoutchouc dépareillées et de bocaux vides.

– C'est joli chez toi, apprécia Mathilde en passant un index songeur dans la poussière qui recouvrait l'étagère. Un peu sale peut-être, mais coquet.

– En fait, je comptais sur toi pour faire un brin de ménage.

– Tu peux toujours courir ! Pour qui me prends-tu ?

– Et ça, dis-je en désignant le vieux coffre-fort qui occupait le fond de la cabane. Qu'est-ce qu'il y a dedans ?

– Oh, rien, juste quelques babioles de survie sans intérêt, dit P. P. en rougissant. De quoi tenir s'il m'arrivait d'avoir un petit creux.

– Ça tombe bien, s'exclama Mathilde. J'ai une faim de loup ! Que diriez-vous d'un bon pique-nique ?

Notre petite balade m'avait mis l'estomac dans les talons, et malgré ses protestations, P. P. dut se résoudre à ouvrir son coffre au trésor.

– Bon, d'accord, rechigna-t-il, mais tournez-vous pendant que je compose la combinaison. Je vous préviens, il n'y en aura pas pour tout le monde.

P. P. Cul-Vert est le plus extraordinaire radin que la terre ait jamais porté. En fait de babioles, le coffre contenait de quoi nourrir un régiment : gâteaux secs, tablettes de chocolat, madeleines, berlingots de lait concentré, maquereaux au vin blanc, sachets de fruits confits, barres de Mars et j'en passe…

– D'abord, tu es au régime, décréta Mathilde

en vidant d'autorité le précieux garde-manger. Tu devrais nous remercier de te débarrasser de toutes ces tentations.

– Non, gémit P. P., pas mon chocolat truffé !

Ce fut un fabuleux pique-nique. Le soleil jouait sur les eaux du loch, P. P. boudait dans son coin, soustrayant tout ce qu'il pouvait à notre avidité. Quand Mathilde découvrit les canettes de Coca mises à rafraîchir sous le ponton, il faillit s'évanouir.

– Merci de ce festin, Pierre-Paul, dit Mathilde à la fin. Je vous laisse chasser le monstre. Moi, j'ai plus important à faire : parfaire mon bronzage… Appelez-moi quand vous l'aurez attrapé.

– C'est bien une fille, pesta P. P. en la regardant s'allonger tout au bout du ponton, un bras pendant mollement dans l'eau. Nous sommes sur le point de faire la plus extraordinaire découverte du siècle, et mademoiselle ne pense qu'à se dorer au soleil.

– Laisse, dis-je en haussant les épaules. Elles sont comme ça… Remarque, sans vouloir te contrarier, mon vieux P. P., j'ai du mal à penser qu'un monstre préhistorique puisse se cacher ici.

J'avais imaginé le Loch Ness autrement : une étendue d'eau grise et tourmentée, des nappes de brouillard, des sommets déchiquetés, une ambiance de film d'épouvante.

Devant nous s'étendait au contraire un paysage riant et vallonné, couvert de forêts et de landes que l'automne commençait à roussir. Des canards batifolaient le long des berges, l'eau clapotait doucement à nos pieds. Seule la ruine d'un château abandonné, dressée sur une île à quelques encablures de la rive, rappelait que nous nous trouvions en Écosse.

– Attends qu'il fasse nuit et tu verras, dit P. P. un peu vexé en me jetant sur les genoux une poignée de magazines. Voilà la documentation que j'ai rassemblée sur le monstre. Très instructif, tu verras, même pour un cerveau bonsaï comme le tien... Je vais m'occuper de mon appareil de détection. Rejoins-moi quand tu auras fini.

Je m'installai confortablement sur la chaise pliante et ouvris les journaux de P. P.

À dire vrai, je ne savais pas grand-chose du monstre. J'avais vu un film, un jour, dans lequel il s'avérait n'être qu'un sous-marin de poche camouflé, un autre dans lequel des paysans entretenaient sa légende pour faire fuir le nouveau propriétaire d'un château. Une sorte de superstition, comme les vampires ou le dahu de mon oncle Firmin, destinée aux esprits trop crédules et à l'imagination débordante de ce pauvre P. P.

Deux photos suffirent à me détromper.

La première, la plus ancienne, datait du début du siècle. Prise de loin par un promeneur et plutôt floue, elle montrait les eaux du loch un jour d'orage. Au centre, on devinait nettement la forme sombre d'un cou immense, surmonté d'une tête minuscule comme celle d'un diplodocus.

Sur un autre cliché, aussi flou mais plus récent, on ne voyait que le dos du monstre. Une suite d'anneaux émergeant de la surface des eaux, qui évoquait le corps tire-bouchonné d'un énorme serpent de mer.

Pour les spécialistes qui les avaient analysés, l'authenticité de ces clichés ne faisait aucun doute. Rien à voir avec les hurluberlus qui photographient le couvercle de leur friteuse pour faire croire à une apparition de soucoupe volante. L'animal existait bel et bien. Régulièrement, des témoins dignes de foi, facteurs en tournée, touristes, pasteurs à vélo, avaient vu eux aussi le monstre émerger un instant de l'eau avant de disparaître dans les profondeurs.

Trop rapidement cependant pour que les savants puissent s'accorder sur sa nature. Pour certains, il s'agissait d'une espèce de dinosaure préhistorique mystérieusement préservé, pour d'autres d'un esturgeon géant ou d'un poulpe encore inconnu. Toutes les expéditions scientifiques qui ont dragué le loch à sa recherche sont rentrées bredouilles, expliquait l'article : le loch est trop vaste, d'abord, et les eaux en sont trop boueuses pour qu'on voie quoi que ce soit. Seuls quelques échos sonar ont signalé une présence inexplicable, d'une taille colossale, se déplaçant avec aisance dans les profondeurs.

Un tronc d'arbre englouti ? Peut-être, à condition qu'il lui soit poussé des palmes ou un petit moteur à propulsion…

– Alors, convaincu ? lança P. P. quand je le rejoignis, l'esprit préoccupé par ce que je venais de lire.

Je hochai la tête sans répondre. Pourquoi pas, après tout ? Depuis notre arrivée à Keays Castle, nous étions allés de surprise en surprise. Au milieu des zèbres et des kangourous qui gambadaient dans le parc, un monstre de plusieurs tonnes aurait fait aussi peu d'effet qu'une tabatière en porcelaine sur le dessus d'une cheminée.

– Voilà la merveille, continua fièrement P. P. Tout ce qui passe dans un rayon de cent mètres à la ronde déclenche ma petite cellule photoélectrique astucieusement bricolée.

Je faillis éclater de rire. En fait de moyen de détection ultramoderne, l'appareil photo de P. P. devait dater au moins de la guerre des Gaules. C'était un vieux boîtier à soufflet, fixé sur un trépied et équipé d'une sorte de masque de plongée à verre grossissant qui évoquait irrésistiblement les lunettes de P. P.

– Objectif panoramique de mon invention, expliqua ce dernier. Cornélia a déposé au village la pellicule de cette nuit. J'ai hâte de voir les résultats.

– S'ils sont aussi bons que les précédents, tu pourras les adresser à la télévision, pour le bêtisier… À mon avis, tu as toutes tes chances.

Soudain, un cri retentit. Mathilde. Nous l'avions laissée seule, allongée sur le ponton.

– Venez ! Vite ! Il y a quelque chose qui bouge là-bas !

En deux enjambées, nous la rejoignîmes, le cœur battant à tout rompre.

– Le monstre ? haleta P. P., polissant frénétiquement le verre de ses lunettes. Tu l'as vu ?

Le soleil miroitait sur l'eau, si aveuglant que je dus mettre ma main en visière pour voir ce qu'elle nous montrait.

Tout là-bas, au fin fond du loch, une masse sombre venait d'apparaître.

– Il bouge ! bredouilla P. P. en tremblant comme une feuille. Il vient vers nous !

Pas de doute : la chose se déplaçait. Malgré la distance, une sorte de halètement sourd accompagnait sa progression, porté jusqu'à nous par la brise qui s'était levée.

Fonçant à la cabane, j'attrapai les jumelles et revins à toutes jambes sur le ponton. Je ne vis rien d'abord : une grosse mouche posée dans une flaque de lumière. Tournant la mollette, je fis la mise au point et…

– Un bateau ! Oh ! ce n'est qu'un bateau de pêche, remarquai-je, désappointé.

Il était assez près maintenant pour qu'on en distingue tous les détails. On aurait dit un chalutier comme on en voit dans les petits ports bretons, hérissé de gréements et d'antennes. À mesure qu'il s'approchait, le halètement que nous avions entendu se transforma en *pout-pout* poussifs de moteur diesel.

– Des pêcheurs de harengs, confirma P. P., Mathilde nous a fait peur pour rien.

– Drôles de pêcheurs ! riposta-t-elle. Il y a un type sur le pont qui nous regarde à la jumelle. Si on ne peut plus prendre des bains de soleil tranquillement sans que toute la flotte d'Écosse vienne vous reluquer…

– Elle a raison, dis-je tandis que le bateau passait à petite vitesse devant nous. Toutes ces antennes n'ont rien de très catholique. Jamais vu un bateau de pêche équipé comme ça.

Je braquai mes jumelles sur le pont, mais déjà

l'homme qu'avait repéré Mathilde avait disparu. Le bateau s'éloignait, c'est à peine si je pus lire le nom écrit sur la coque avant qu'il ne s'évanouisse complètement.

– *Sémaphorius IV*. Drôle de nom pour un bateau.

– Tu t'attendais à quoi ? *Nessie II ?* dit Mathilde en haussant les épaules. Bon, puisque je ne peux plus bronzer en paix, je rentre.

– *My God !* s'écria P. P. en consultant sa montre de plongée à douze cadrans. Cinq heures, déjà ! Oncle Archibald déteste qu'on soit en retard pour le thé.

L'après-midi avait filé sans qu'on s'en aperçoive. Déjà, le soleil déclinait derrière les collines, étirant sur les eaux de longues flèches dorées.

Ce ne serait pas cette fois que nous apercevrions Nessie. Un peu déçu, j'aidai P. P. à boucler la porte de la cabane et, sans un mot, nous regagnâmes la voiture électrique.

Il ne fallait pas faire attendre oncle Archibald.

Ce cher vieil oncle

– Miss Blondine ! Puis-je vous féliciter pour votre hâle ? Un teint magnifique, n'est-il pas ? Je n'en dirais pas autant de vous, jeune Pheramone. Saviez-vous que le poireau est l'emblème de notre famille ?

J'esquissai une grimace polie tandis que John-Archibald de Culbert gratifiait Mathilde d'un baisemain qui la fit rougir jusqu'aux cheveux.

– Asseyez-vous donc, charmante mademoiselle, et bienvenue à Keays Castle. J'espère que vous voudrez bien pardonner à un homme très occupé de ne pas avoir pu vous accueillir personnellement hier soir.

John-Archibald de Culbert portait un veston de velours râpé, un foulard à pois et d'élégants pantalons à carreaux écossais. C'était un homme de haute taille, au visage maigre, aux yeux vifs et pénétrants – tout le contraire, en fait, de son neveu myope et rondouillard.

À l'instant où sonnait à l'horloge le premier coup de cinq heures, il tira de sa poche une montre à gousset et jeta vers la porte un regard légèrement irrité. Celle-ci s'ouvrit à la seconde précise où tintait le dernier coup. Cornélia fit son entrée, poussant devant elle un chariot de sandwichs et de pâtisseries.

– Parfait, apprécia-t-il en rempochant sa montre. J'aime que l'on soit exact. Vous pouvez servir, Cornélia.

Nous prîmes place autour de l'immense table sur laquelle le lustre jetait des flammèches colorées. Pas question d'utiliser le téléphone cette fois. John-Archibald avait placé Mathilde à sa droite, nous reléguant, P. P. et moi, dans le coin le plus obscur, et il fallait presque crier pour se faire entendre.

– Tu peux y aller, murmura P. P. à mon intention. Mon oncle est un peu dur de la feuille.

Par chance, l'oncle Archibald parlait un français presque parfait. S'il avait fallu beugler dans la langue de Shakespeare, je ne sais pas ce que j'aurais fait. Il commença par nous raconter ses expéditions à travers le monde, comment il avait traqué le tigre en Inde, étudié les gorilles au fin fond de la jungle, plongé parmi les requins mangeurs d'hommes de l'océan Indien.

Mathilde papillonnait des yeux, levant le petit doigt pour tenir sa tasse et grignotant ses pâtisseries de la pointe des incisives comme si elle avait été reçue par la duchesse de Windsor en personne.

Je ne suis pas jaloux, mais je me sentais aussi insignifiant, tout au bout de la table, qu'une crotte de souris.

Allez rivaliser avec un spécialiste des pieuvres géantes et des crotales… Les seuls monstres que j'aie jamais combattus, ce sont les cafards des douches, à l'internat. L'oncle Archibald commençait sérieusement à me courir sur le haricot quand un fracas de verroterie nous fit lever la tête.

Un petit animal était juché dans le lustre au-dessus de la table et nous contemplait de ses yeux ronds.

– Ah ! Sherlock ! dit oncle Archibald. Venez dire bonjour au lieu de jouer les sauvages.

Se suspendant au lustre comme à une liane, la bestiole sauta lestement sur la table. Contournant tasses et assiettes, elle se précipita en deux bonds vers son maître.

– Qu'est-ce que c'est que ce gnome ? bredouillai-je, stupéfait.

On aurait dit un singe minuscule, couvert d'une toison soyeuse couleur de neige, avec deux oreilles pointues et des yeux qui luisaient comme de la braise.

– Miss Blondine, permettez-moi de vous présenter Sherlock. L'unique spécimen connu de chuchurda, une espèce rare de maki albinos que j'ai ramené d'une expédition au Zimbabwe.

– Comme il est mignon ! roucoula Mathilde tandis que le chuchurda se blottissait sur son épaule. Quel amour de peluche !

Mais déjà le chuchurda l'abandonnait, se lançait d'une glissade à travers la table. Le temps que je réagisse, il s'était jeté sur moi. D'une petite main preste, il m'arracha le sandwich que je mangeais, poussa un couinement de triomphe et revint en courant se jeter dans les bras de Mathilde.

– Ne vous y trompez pas, dit John-Archibald. Sherlock est le plus fieffé voleur que je connaisse.

– En effet, dit Mathilde en éclatant de rire. Regardez : c'est lui qui a mon chouchou.

Le chuchurda l'avait enfilé autour de sa cheville. Quant à la montre de Mathilde, nous l'aperçûmes qui brillait au milieu des branches du lustre, suspendue comme une boule de Noël.

En deux mots, nous racontâmes à l'oncle Archibald le vol de la veille. Tout s'expliquait : le chuchurda n'était pas plus haut que trois pommes et d'une agilité diabolique. Il avait dû se glisser par le conduit de la cheminée et s'enfuir par là une fois son forfait accompli.

– Si tu m'avais écouté, dis-je à Mathilde, un peu vexé. Dans l'histoire de l'assassinat que j'ai voulu te raconter, le coupable était aussi un singe. Un orang-outang échappé d'un zoo.

– Ne ferais-tu pas allusion au *Double assassinat dans la rue Morgue*, d'Edgar Allan Poe, écrivain américain né en..., commença P. P. avec son pédantisme coutumier.

Le chuchurda ne le laissa pas finir. Attrapant des quartiers de pomme dans l'assiette de Mathilde, il commença d'en bombarder P. P. qui ne trouva son salut qu'en s'abritant derrière le dossier de sa chaise.

Le thé s'acheva dans un éclat de rire général.

– Que diriez-vous de terminer la soirée devant un bon feu de cheminée ? demanda oncle Archibald.

Nous accueillîmes sa proposition avec joie.

Des lumières dans la nuit

Quand nous fûmes installés confortablement dans les profonds fauteuils qui encadraient la cheminée, John-Archibald tira de la bibliothèque de lourds volumes dont la reliure portait le sceau de Keays Castle.

Sur la couverture, on pouvait lire : « Récits de mes voyages à travers le monde et des observations curieuses que j'ai pu faire sur la faune et la flore, par John-Archibald de Culbert, baronnet. »

– À part ma sœur Rose-Lise de Culbert, notre famille ne compte que de grands esprits, expliqua P. P. en se rengorgeant.

Dehors, il faisait nuit noire. Une petite pluie s'était mise à tomber. Le chuchurda avait élu domicile sur les genoux de Mathilde, le feu ronflait dans la cheminée, réchauffant de sa lueur le grand salon glacial décoré de trophées empaillés.

Poliment, je feuilletai le tome consacré aux expéditions africaines. Le texte était en anglais, mais il y avait de grandes cartes, des planches illustrées montrant un oncle Archibald en short d'explorateur et chapeau de brousse capturant à mains nues des lions à gueule énorme pour les zoos d'Europe. Sur d'autres, le même oncle Archibald se taillait à la machette un sentier dans la jungle, son éternel foulard à pois autour du cou, suivi de porteurs indigènes ployant sous le poids d'une énorme défense d'éléphant.

– Ma dernière chasse, dit-il comme pour s'excuser. De ce jour-là, je n'ai plus jamais tué un animal de ma vie. J'ai décidé de me consacrer à la sauvegarde des espèces en voie de disparition et de faire de Keays Castle une réserve où elles puissent vivre en liberté.

– C'est comme moi, approuva P. P. À l'internat, j'élève une colonie de têtards dans une vieille boîte de cassoulet.

« En fait d'espèce en voie de disparition, P. P. Cul-Vert mériterait un zoo à lui tout seul. Les touristes viendraient du monde entier lui jeter des cacahuètes et des bananes épluchées », pensai-je en m'abritant derrière mon livre pour pouffer.

– Pardonnez ma curiosité, mon oncle. Qui est

cet homme à mine patibulaire qu'on aperçoit sur cette illustration ? L'un de vos assistants ?

Le personnage qu'il montrait portait une longue barbe noire taillée en pointe, des sourcils épais comme des moustaches et des yeux en lames de couteau.

Oncle Archibald eut une grimace de dépit.

– Mon meilleur élève. Le plus doué. Le plus cupide aussi. J'ai dû le rosser pour ramener vivant ce brave Sherlock dont il voulait vendre la peau pour faire un sac à main.

– Quelle horreur ! frissonna Mathilde en caressant le chuchurda.

– Depuis, c'est mon ennemi juré, un rival acharné à ma perte. Voilà quelques années qu'il n'a plus fait surface, mais je ne connais pas d'homme plus cruel qu'Anton Sémaphorius.

– Sémaphorius ? m'écriai-je. Mais c'est le nom que j'ai lu sur le bateau de pêche !

En quelques mots, nous rapportâmes à oncle Archibald notre rencontre de l'après-midi.

– Ainsi, il est revenu ! s'exclama-t-il sombrement en grinçant des dents. Il m'épie en attendant son heure.

– Mais que peut-il chercher à Keays Castle ? demanda Mathilde.

– Je n'en ai pas la moindre idée.

– Moi, je sais, mon oncle, intervint doctement P. P. Il cherche le monstre.

John-Archibald eut un sursaut :

– Le monstre ? Quel monstre ?

– Nessie, mon oncle. Le monstre du Loch Ness.

– Ridicule, mon cher neveu, s'emporta oncle Archibald, soudain rouge de colère. Vous me décevez, Pierre-Paul. Ces fariboles ne sont pas dignes de vous.

– Mais, mon oncle…

– Ces grotesques histoires de monstres ne sont que des calembredaines, croyez-moi ! J'ai assez étudié la nature pour pouvoir être formel : il n'y a pas plus de monstre dans le loch que de raison dans votre jeune cervelle d'étourneau !

La fureur le rendait écarlate. Stupéfait, P. P. restait sans voix, ouvrant et refermant la bouche comme une grosse carpe hors de l'eau.

– Que je ne vous entende plus jamais prononcer le mot de monstre devant moi, Pierre-Paul ! Est-ce bien compris ?

Oncle Archibald se leva sans attendre de réponse pour fourrager rageusement dans le feu. J'en profitai pour regarder Mathilde qui haussa les épaules en signe d'incompréhension. Que lui arrivait-il tout à coup ?

– Maintenant, si vous voulez bien m'excuser, je dois me rendre à mon laboratoire, ajouta-t-il en reprenant lentement son calme. Cornélia vous conduira à vos chambres. Je vous souhaite une bonne nuit.

Tournant les talons, il passa devant nous, plus raide que s'il avait avalé son parapluie, et quitta le salon.

Avant même que nous ayons eu le temps de revenir de notre surprise, l'inévitable Cornélia fit son apparition, un chandelier à la main. Vu la taille de ses paumes, elle l'aurait tordu aussi facilement que s'il était en *marshmallow*.

Apparemment, ça n'était pas le moment de discuter. Encadrant ce pauvre P. P. encore sous le coup de la dégelée qu'il venait de recevoir, nous regagnâmes nos chambres, suivis à bonne distance par l'ombre du chuchurda.

Celle de P. P. se trouvait dans l'aile opposée à la nôtre. Était-ce une impression ou voulait-on nous séparer ? J'entendis distinctement une clef tourner dans ma serrure avant que ne s'éloignent les pas de Cornélia. J'essayai d'ouvrir la porte : fermée à double tour.

Heureusement, il restait le passage sous la tenture. J'en tournai la poignée : impossible de l'ouvrir. De l'autre côté, Mathilde essayait de faire de même sans plus de succès. Quelqu'un avait verrouillé la porte de communication en notre absence.

C'était à n'y rien comprendre. Pourquoi l'évocation du monstre avait-elle provoqué la fureur d'oncle Archibald ? Que cherchait-on à nous cacher ? Pourquoi Anton Sémaphorius patrouillait-il sur le loch dans une embarcation hérissée d'antennes et camouflée en navire de pêche ?

Comme un écho à mes interrogations, un rugissement lointain se fit entendre. Le lion.

Pourquoi hurlait-il ainsi la nuit, alors que dans la journée nous ne l'avions jamais entendu ?

La réponse était simple : quelqu'un devait rôder autour de la fosse. Mais qui ? Anton Sémaphorius ?

M'approchant de la fenêtre, je collai le nez au carreau. Peine perdue. La nuit noyait le parc, de gros nuages masquaient la lune. Impossible de voir quoi que ce soit.

Et pourtant… Écarquillant les yeux, je tentai de percer le rideau de pluie et d'obscurité. Cette lueur là-bas, tout au fond du parc… Avais-je la berlue ? Une petite lumière tremblotante comme celle d'une lanterne se baladait du côté de la fosse au lion.

Il y eut un nouveau rugissement, puis plus rien. La nuit retomba, épaisse et impénétrable.

Cette fois, j'en avais assez. Les questions s'embrouillaient dans ma tête. Je m'allongeai tout habillé sur le lit et sombrai aussitôt dans un sommeil de brute.

L'inconnu du village

– Pierre-Paul, il se passe ici des choses plutôt bizarres.

Nous terminions notre petit déjeuner, tassés au bout de la grande table pour échapper à la surveillance de Cornélia. Le chuchurda ne quittait plus Mathilde. Assis à côté d'elle, il grignotait des toasts, clignant vers nous de ses yeux rouges de musaraigne, la queue battant la mesure sur la table. Par instants, il sautait sur ses pattes de derrière, se lançait sur le bois ciré à la manière d'un attaquant de hockey, se rattrapant au dernier moment à une branche du lustre où il restait pendu d'un bras, se balançant mollement d'avant en arrière en poussant de petits glapissements suraigus. Un diable de quarante centimètres de haut tout au plus, au masque triangulaire et soyeux, agité de soubresauts continuels comme un jouet mécanique remonté à fond…

– Résumons-nous, continua Mathilde en tendant à Sherlock un petit morceau de sucre. L'apparition de ce Sémaphorius, d'abord, et de son mystérieux bateau de pêche. La réaction de ton oncle, ensuite, à l'évocation de Nessie. Enfin, cette lumière qu'a vue Rémi. J'ai beau retourner tout ça dans ma tête, je n'y comprends rien. On cherche à nous cacher quelque chose, mais quoi ?

– J'ai beaucoup réfléchi, moi aussi, dit P. P. en trempant une mouillette dans son chocolat. Et si l'ignoble Sémaphorius était un espion à la solde d'une puissance étrangère envoyé pour m'extorquer ma recette de morue gratinée aux groseilles ?

Dans sa robe de chambre molletonnée, les cheveux dressés sur le crâne, on aurait dit un gros hibou tombé du nid.

– Ridicule. Sémaphorius était l'élève de ton oncle, un spécialiste de la faune, pas un empoisonneur… À mon avis, c'est de ce côté-là qu'il faut chercher. Imaginons qu'il y ait ici un animal extrêmement rare. Un spécimen recherché par tous les zoos du monde et dont ton oncle serait l'unique propriétaire…

– Le chuchurda ! m'exclamai-je.

– Sémaphorius loue un bateau, guette le moment opportun depuis le loch et s'introduit la nuit dans le parc pour tenter de s'en emparer. Seulement, ce brave Sherlock est introuvable, et pour cause : il a passé la nuit dans ma chambre.

– Dans ta chambre ? Mais c'est très malsain ! s'exclama P. P., un peu vexé de voir ses hypothèses mises en pièces. Tu n'as pas idée des microbes dégoûtants et des parasites qui grouillent sur cette bestiole !

– Pas du tout. Il est mignon comme un cœur et aussi inoffensif qu'un nounours en peluche. En plus, il m'adore.

Mathilde est exaspérante quand elle est comme ça. La moindre boule de poils sur pattes la rend gâteuse. Mais son raisonnement se tenait. Quelle meilleure vengeance pour l'ancien élève d'oncle Archibald que de transformer le chuchurda en toque à oreillettes ou en manchon fourré ? À la réflexion, Anton Sémaphorius m'en devenait presque sympathique. D'autant que le chuchurda venait de sauter sur mon épaule et avait entrepris de m'épouiller avec un ricanement glouton…

– Tu oublies Nessie, riposta P. P. S'en prendre à un misérable homoncule quand les eaux du loch abritent une créature préhistorique, le dernier survivant des grands dinosaures disparus ?

– Tu commences à me bassiner avec ton monstre, fit Mathilde. Ton oncle a pourtant été clair, hier soir.

– Un peu trop, à mon avis. C'est justement ça qui me chiffonne. Comme s'il avait voulu…

– Voulu quoi ?

Mais P. P. Cul-Vert adore les mystères et les sous-entendus. Il refusa d'en dire plus, se murant dans un silence qui ne présageait rien de bon. Quand P. P. a cet air-là, c'est que de grandes catastrophes planétaires se préparent.

Notre plan d'action était tracé en tout cas.

Nous passâmes la matinée au bord du loch à guetter le bateau d'Anton Sémaphorius tandis que P. P., du cambouis jusqu'au coude, pataugeait dans la vase pour installer sa cornemuse aquatique.

Le temps était couvert, un fin crachin masquait la vue, estompant les murs en ruine du petit château qui se dressait sur l'île, au milieu du loch, à portée de jumelles.

– Kilarn'agh, dit P. P.

– À tes souhaits.

– C'est le nom de ce castel abandonné. Les gens d'ici disent qu'il est hanté depuis la mort de son propriétaire, un vieux chef de clan à demi fou. Aucun pêcheur ne se risquerait à y aborder.

Le vol de corneilles qui tournoyait au-dessus de la tour à demi effondrée leur donnait plutôt raison.

Nous eûmes beau guetter de longues heures, seuls quelques canards et le dos lustré d'un couple d'otaries vinrent troubler la surface du loch. Le temps était-il trop morose ? Le chalutier ne se montra pas. Quant à la cornemuse révolutionnaire de P. P., elle n'eut qu'un bref et inoubliable instant de gloire : quand P. P. la brancha, une sorte de couinement déchirant se fit entendre, suivi d'une pétarade d'explosions et de flammèches vert et bleu. Le frisson d'un court-circuit géant parcourut la machine, puis elle s'abîma lentement dans les eaux en glougloutant comme un bateau qui sombre.

– J'avais pourtant tout calculé, répétait le pauvre P. P., anéanti, en contemplant le désastre. Une cornemuse de collection… Oncle Archibald sera furieux quand il découvrira sa disparition.

– Attends, je vais la repêcher. Une fois sèche, ton oncle n'y verra que du feu.

Je dus à mon tour patauger dans la vase pour

tirer l'instrument à sec. Il n'avait pas fière allure : le sac en peau de mouton était gorgé comme une outre, l'eau s'échappait par les tuyaux en petites fontaines joyeuses. Je débranchai les fils qui le reliaient au moteur et nous le laissâmes égoutter, suspendu à un clou de la cabane comme un trophée de chasse d'oncle Archibald.

Au moins, pensai-je, nous avions eu la peau de cette sale bête. Elle ne nous casserait plus les oreilles avant longtemps.

– Nous ne verrons rien aujourd'hui, décréta P. P. Allons plutôt au village. J'ai hâte de découvrir ce que donnent mes dernières photos.

De retour au château, il dégotta deux vélos qui occupaient leur retraite à rouiller paisiblement dans le fond d'un hangar.

Je pris Mathilde sur ma selle, P. P. enfourcha l'autre vélo et nous partîmes dans d'horribles grincements.

Le village était à vingt bons kilomètres, une petite pluie fine s'était mise à tomber.

J'ai des mollets d'acier, mais Mathilde plus le chuchurda, ça fait beaucoup pour un seul homme. Sherlock avait sauté lestement sur mon porte-bagages, serrant sur son petit visage de gnome un fichu de plastique. J'avais beau me déhancher et souffler comme un phoque, il nous fallut près d'une heure pour arriver à Keays.

Le village comptait à peine une douzaine de maisons. Nous garâmes les bicyclettes près d'une petite boutique à toit de chaume qui servait d'épicerie, de poste et de bureau de tabac. Impossible d'entrer avec le chuchurda : la marchande en aurait fait une attaque.

– Aucun risque, dit P. P. Un jour, mon oncle a sellé un zèbre pour venir acheter ses cigares.

Mathilde resta quand même à la porte. À l'instant où j'entrais dans l'épicerie avec P. P., un client en sortait. Il me bouscula sans vergogne, grommela quelque chose d'indistinct avant de s'éloigner à grands pas dans le soir qui tombait.

– Hé ! criai-je en me frottant l'épaule. Pourriez faire attention, non, espèce d'Écossais !

L'homme avait disparu au coin de la rue. Pas assez vite cependant : j'avais déjà vu cette tête quelque part. Mais où ?

Un peu troublé par cette rencontre, je laissai P. P. palabrer dans son anglais le plus pur. Ses photos étaient prêtes. Il en profita pour se ravitailler en chocolat et sardines à l'huile, enfourna le tout dans son sac à dos et nous sortîmes.

– Bon sang ! m'écriai-je en me frappant le front. Anton Sémaphorius !

– Quoi ?

– Le type, là, celui qui m'a bousculé ! J'en mettrais ma main au feu : c'était Anton Sémaphorius !

– Tu en es sûr ?

– Certain ! J'ai reconnu la barbe, les yeux de fouine qu'on voit dans le livre de ton oncle.

Nous eûmes beau faire le tour du village à vélo, il s'était bel et bien volatilisé.

Mais, cette fois, il n'y avait plus de doute : Anton Sémaphorius rôdait dans les parages. Quel que soit le mauvais coup qu'il préparait, il fallait plus que jamais ouvrir l'œil, et le bon.

Pédalant comme des dératés, nous revînmes à fond de train au château.

Sherlock est en danger

Ce soir-là, pas d'oncle Archibald.

Nous étions arrivés pour le thé avec plus d'une heure de retard. Avait-il décidé de le prendre sans nous attendre ? S'était-il fait servir dans son laboratoire ? Mystère et boules de gomme.

J'en profitai pour me rendre discrètement au salon, fauchai un jeu de cartes abandonné sur la table de bridge, et revins à la salle à manger. Pas question de nous laisser enfermer comme la veille.

Après une collation rapide, nous regagnâmes chacun notre chambre sous bonne escorte. Avant que Cornélia n'ait eu le temps de donner un tour de clef dans la serrure, j'avais inséré un as de pique entre le chambranle et le pêne.

J'avais vu faire ça dans un film. On a beau dire, la culture, c'est bien utile quelquefois. J'attendis que les pas de Cornélia se soient éloignés et manœuvrai la poignée : la porte s'ouvrit sans difficulté.

Mathilde m'attendait sur le palier et nous filâmes jusqu'à la chambre de P. P.

– Qui est là ? murmura-t-il.

– C'est nous, imbécile.

– Qui, vous ?

– Rémi et Mathilde, espèce de particule ! Ouvre vite !

– Pas sans le mot de passe.

– Mais quel mot de passe ?

– *Pierre-Paul est grand et Rémi est un âne*.

J'aurais pu le tuer… Mais il fallut bien me résoudre à répéter le mot de passe. La porte s'ouvrit aussitôt, et le sourire ignoble de P. P. se profila dans l'embrasure.

– Je me disais bien que j'avais reconnu ta voix. Mais deux précautions valent mieux qu'une, on ne sait jamais.

Deux bougies brûlaient sur sa table de chevet, encadrant une photo de P. P. Cul-Vert à la dernière remise des prix du collège. Chaque fois qu'il passait devant, P. P. s'inclinait avec dévotion, comme s'il avait rendu hommage à quelque dieu vivant étranglé dans une grosse cravate à pois et les lunettes étincelantes de fierté.

– Je ne peux pas y croire, murmurai-je.

– Trêve de plaisanterie, coupa Mathilde avec autorité. Tu as étudié les photos ?

– Elles sont là. C'est la série qui a été prise la nuit de votre arrivée. Je ne sais pas ce qui s'est passé, mais le flash n'a pas marché.

– Du grand art, Pierre-Paul, ricana Mathilde en parcourant la série de clichés.

– Tu sais, le déclenchement automatique est très sensible. Il suffit d'un oiseau de nuit ou d'une feuille morte pour que l'appareil se mette en marche.

J'étudiai à mon tour les photos. L'ensemble aurait pu s'appeler « Nuit noire dans un tunnel ». C'est à peine si on devinait de-ci de-là quelques minuscules grumeaux de lumière flottant dans une purée de pois.

– Attends, dit Mathilde, soudain intriguée. Repasse-moi celle-là. On dirait que… Mais oui, regardez ! Cette grappe de points lumineux : on dirait la tour de Kilarn'agh !

– La ruine sur l'île ? Impossible : elle est abandonnée depuis un siècle au moins.

Mais P. P. se trompait. À la loupe, c'était net : de l'endroit où la photo avait été prise, les lueurs ne pouvaient venir que de Kilarn'agh. Malgré la malédiction qui pesait sur ces ruines, quelqu'un devait y habiter.

– Tu as raison, s'exclama P. P. à son tour. Ça me rappelle un roman de Jules Verne, *Le Château des Carpates*. L'action se situe au XIXe siècle, en Roumanie. Une ruine abandonnée domine le village et, la nuit…

– Ce n'est vraiment pas le moment, Pierre-Paul, coupa Mathilde avec agacement. Garde ton érudition prodigieuse pour les cours de français, s'il te plaît. Rémi m'a déjà fait le coup avec son histoire d'orang-outang psychopathe.

Au même instant, un rugissement déchira la nuit.

Quelqu'un rôdait du côté de la fosse au lion.

Me ruant à la fenêtre, je l'ouvris et me penchai en tordant le cou pour tenter d'apercevoir quelque chose. Mais la chambre de P. P. donnait sur la face ouest du château et je ne réussis qu'à me faire doucher par les rafales de pluie.

– Le chuchurda ! s'écria alors Mathilde. Où est passé le chuchurda ?

– Il était encore avec nous pour le thé. J'ai cru qu'il était monté avec toi.

– Il a dû sortir sans qu'on s'en aperçoive, gémit Mathilde. Le pauvre chéri : tout seul dans la nuit !

Déjà, elle avait attrapé une lampe-torche, enfilé son caban et couru vers la porte.

– Vite, au parc ! Le chuchurda est en danger !

– Si tu crois que je vais sortir par ce temps pour cette espèce de peluche mitée…, tentai-je de protester.

– Le lion a rugi ! Sémaphorius est dans le parc ! À l'heure qu'il est, ce pauvre Sherlock est peut-être déjà transformé en pantoufles ! Je vous préviens, je ne vous le pardonnerai jamais s'il devait lui arriver malheur…

– Mais je suis en pyjama ! geignit P. P. Laisse-moi au moins le temps d'enfiler quelque chose.

Mais Mathilde dévalait déjà les escaliers, la torche à la main, pour voler au secours de son chuchurda.

Maugréant et pestant à qui mieux mieux, nous nous lançâmes à sa poursuite.

Dans la fosse au lion

Essayez de rattraper quelqu'un de nuit, dans un parc de 800 hectares plein de taupinières traîtresses et d'animaux sauvages en liberté !

Il tombait des cordes, le vent hurlait dans la cime des arbres. En deux minutes, j'avais perdu P. P. Je commençai par m'étaler dans un massif, plongeai tête baissée dans un buisson de houx, dévalai sur les fesses une portion de gazon plus glissante qu'une planche à savonner.

Comme je me relevais, quelque chose d'humide et de râpeux se colla contre mon cou. Je poussai un cri, me retournai pour voir un zèbre apeuré détaler au grand galop, papillonnant vers moi de ses longs cils comme s'il avait vu le diable en personne.

Les jambes flageolantes, je poursuivis mon chemin, cherchant à repérer la torche de Mathilde. Des choses bougeaient dans les buissons, des branches craquaient. Malgré la pluie, il me sembla même apercevoir des yeux phosphorescents qui me guettaient à travers les fougères.

Sans demander mon reste, j'entamai le sprint aveugle le plus rapide de toute l'histoire de l'humanité.

Mais un bref coup d'œil en arrière suffit à me glacer les sangs : les yeux phosphorescents gagnaient du terrain !

Je tentai d'accélérer, mais mon pied dut se prendre dans une souche. Je fis un vol plané, esquissai une réception de judo, découvrant un peu tard que le sol boueux se trouvait désormais à l'extrémité opposée de mes pieds...

Le choc fut rude. Déjà les yeux phosphorescents étaient sur moi, m'inondant d'une lumière aveuglante.

– Eh bien, qu'est-ce que tu attends ? Monte ! lança une voix.

C'était P. P., au volant de la petite voiture de golf. Le lâche n'avait pas osé se risquer à pied dans le parc. À demi groggy, je grimpai à côté de lui et me cramponnai au montant.

– À la fosse au lion ! hurla P. P. en mettant les gaz.

Dans le pinceau des phares, le spectacle était encore plus impressionnant. Les buissons s'ouvraient devant nous comme par miracle, de gros troncs noueux semblaient sauter de côté à l'instant où nous allions les emboutir. Au sommet d'une petite butte, la voiture décolla, retomba sur ses roues avec un horrible grincement d'essieux. Lancés comme une boule dans un jeu de quilles, nous traversâmes en trombe un troupeau de gazelles endormies. Une seconde, elles restèrent pétrifiées, les cuisses tremblantes, avant de s'éparpiller en tout sens dans une fuite éperdue.

Je ne voulais pas voir ça. La main plaquée sur le visage, j'attendis le carton, mâchoires serrées.

Mais rien ne vint. Quand je rouvris les yeux, la voiture freinait devant la fosse au lion.

– Il faudra vraiment que j'essaie le karting un de ces jours, dit P. P. avec désinvolture en sautant à terre. Je crois que j'ai un don.

– Vous voilà enfin ! Vous en avez mis du temps ! râla Mathilde en braquant sa lampe-torche sur mon visage. Ça fait une bonne demi-heure que je poireaute ici.

– Je te signale qu'on a manqué se tuer au moins douze mille fois.

– Quand tu auras fini de te plaindre, tu pourras m'écouter : quelqu'un vient de descendre dans la fosse au lion. Il faut le suivre.

– Dans la fosse ? glapit P. P. Mais tu es folle ! Si le lion nous surprend, on risque gros !

– Toi surtout, dit Mathilde avec un petit rire.

– Pardon : je ne suis pas gros. Je fais juste un peu de surcharge pondérale, ce n'est pas la même chose.

– Alors suivez-moi, lança Mathilde en escaladant le grillage, la torche entre les dents. Faites-moi confiance, nous ne risquons absolument rien.

Qu'est-ce qui peut pousser deux garçons sains d'esprit (dont un en pyjama et babouches) à sauter en pleine nuit le grillage de protection d'une fosse au lion pour les beaux yeux d'une fille ?

Ne me posez pas la question : je n'en sais rien du tout. La crainte de passer pour un trouillard, peut-être… Ou le désir de savoir qui pouvait bien rôder la nuit dans le parc…

Toujours est-il qu'en moins de deux j'étais de l'autre côté. Il fallut faire la courte échelle à P. P. qui tremblait comme une feuille. L'escalade n'a jamais été son fort, mais pour une fois, je me réjouissais de l'avoir avec nous : avec un peu de chance, vu la quantité de sandwichs aux rillettes qu'il avait engloutis, ce serait lui que le lion choisirait en premier. Ça nous laisserait le temps de détaler.

Le fond de la fosse formait une sorte de boyau en ciment, qui descendait en pente douce jusqu'à un amas de rochers moussus sous lequel il disparaissait. Là s'ouvrait l'antre du lion.

Sans hésiter, Mathilde s'engagea dans l'ouverture.

Que faire ? La suivre ? Détaler comme un lapin en l'abandonnant dans ce boyau ruisselant d'humidité ? J'imaginais le lion tapi dans l'obscurité de la grotte, ses grosses mâchoires béantes, se léchant déjà les babines à la pensée de déguster trois jeunes collégiens de quatrième…

Mais il était trop tard pour faire machine arrière. Poussant courageusement P. P. devant moi, j'entrai à mon tour sous la grotte.

Le plafond en était très bas. Si bas que la tête de P. P. heurta la roche, provoquant un étrange bruit métallique.

– Ton crâne, ne pus-je m'empêcher de murmurer en pressant son coude. Il sonne creux.

– Idiot : ce sont de faux rochers. Regarde.

La torche que Mathilde promenait sur les murs révélait en effet un étrange spectacle. En fait de grotte, nous venions d'entrer dans une petite pièce voûtée, aux murs vert-de-gris comme un camouflage militaire. Pas de trace de paille ou de litière, ni cette odeur de fauve qui prend le nez au zoo.

– J'en étais sûre, dit Mathilde. Il n'y a jamais eu de lion ici.

– Mais les rugissements ?

– Un cri enregistré. En vous attendant, j'ai découvert un haut-parleur dissimulé dans un buisson.

– Tu aurais pu nous mettre au courant, tout de même ! protesta P. P. J'étais déjà prêt à céder par testament ma précieuse collection de timbres à ma sœur Rose-Lise.

– Chut ! fit Mathilde en braquant sa lampe vers le fond de la grotte. Il y a quelqu'un de l'autre côté.

La pièce s'achevait sur une épaisse porte métallique, flanquée d'une poignée circulaire comme les écoutilles de sous-marin.

Je tentai de la manœuvrer, mais elle était si lourde que nous dûmes unir nos forces pour la faire bouger de quelques millimètres.

Enfin, le mécanisme joua, libérant la serrure, et la porte s'ouvrit dans un bâillement sinistre tandis qu'une lumière glauque de piscine inondait la grotte.

Le secret d'oncle Archibald

– Pierre-Paul ! Miss Blondine ! Pheramone !

La stupeur nous cloua sur place.

Devant nous s'ouvrait un petit laboratoire souterrain, encombré de fioles et d'instruments de mesure. Un grand bassin vitré en occupait le centre, une sorte d'aquarium géant recouvert d'une bâche à mi-hauteur. En blouse blanche, chaussé de bottes de caoutchouc, un homme debout sur un tabouret mesurait la température de l'eau à l'aide d'un thermomètre.

C'était oncle Archibald, le chuchurda à cheval sur son épaule.

– Les enfants ! Que faites-vous ici ? s'exclama-t-il.

Il n'avait pas l'air vraiment fâché. Seulement surpris de nous voir surgir dans son repaire, ruisselants et prêts à la bagarre.

Que fabriquait-il dans cet abri souterrain ?

Que signifiait cet étrange décor ? Une pompe électrique glougloutait dans un coin, des tuyaux de couleur plongeaient dans le bassin, reliés à une machine où clignotaient des voyants.

Parlant tous ensemble, nous lui racontâmes la rencontre avec Anton Sémaphorius au village, les rugissements dans la nuit, les lumières près de la fosse au lion.

– Ma lanterne, expliqua oncle Archibald. Je viens travailler ici tous les soirs. Comme vous l'aviez deviné, il n'y a jamais eu de lion dans cette fosse. Seulement un rugissement enregistré pour écarter les intrus… Une supercherie bien inutile, n'est-ce pas ? ajouta-t-il en contemplant avec amusement notre petite équipe. Mais puisque vous avez percé à jour mon secret, autant tout vous révéler. Jurez-moi seulement que ce que vous allez voir ne sortira jamais d'ici.

Chacun à notre tour, nous crachâmes par terre en levant la main droite.

– Bien. Maintenant, préparez-vous à éprouver la plus grande surprise de votre existence, dit oncle Archibald, les yeux brillants d'excitation.

Il s'approcha du bassin vitré et, d'un geste triomphal, fit lentement glisser la bâche qui le recouvrait.

– Mes jeunes amis, permettez-moi de vous présenter l'unique spécimen connu du *Tyrannodon culbertus*. Ou pour employer le langage de mon cher neveu : le fils de Nessie, le monstre du Loch Ness.

Avant que nous ayons le temps de réaliser le sens de ses paroles, la bâche tomba au sol.

Dans l'eau trouble de l'aquarium, éclairé par une lampe immergée, nageait le plus extraordinaire animal de toute la création.

Comment le décrire ? On aurait dit un jeune diplodocus comme on en voit dans les livres d'histoire : une petite tête pointue, un cou interminable, un corps luisant et palmé comme celui d'une otarie qui se mouvait dans l'eau avec une grâce inimaginable pour une bête de cette taille.

– Le… le fils… le fils de Nessie ? répéta P. P. en contemplant la créature avec ahurissement.

– En personne, dit fièrement oncle Archibald. Six mois tout au plus, selon mes toutes premières observations, mais déjà près de deux cents kilos.

Le tyrannodon roulait doucement contre la paroi vitrée de l'aquarium, nous observant de ses grands yeux doux et apeurés. Sa peau était lisse comme celle d'un bébé, d'un rose tirant légèrement sur le roux.

– Comme il est chou ! murmura Mathilde en joignant les mains de ravissement. Quelle adorable petite chose !

– Ne vous y trompez pas : ses petites dents sont

plus coupantes qu'un rasoir. Il vous emporterait la main sans le vouloir.

Puisant dans un seau, il avait entrepris de nourrir son protégé, jetant dans l'aquarium des harengs que le tyrannodon gobait d'une seule bouchée comme des friandises.

– Vous comprenez maintenant les précautions dont je m'entoure. Cet animal et ses parents sont les derniers rescapés des grands dinosaures de la préhistoire, réfugiés dans les eaux du loch depuis des millénaires sans doute. C'est la première fois qu'il est donné à un savant de pouvoir en étudier un spécimen vivant.

– Mais vous prétendiez…, commença P. P.

– Que le monstre du Loch Ness n'existe pas ? Un pieux mensonge, mon cher neveu. Je n'avais aucune envie de vous voir fureter partout. J'ai cru que la présence de vos amis vous détournerait de vos recherches et que je pourrais poursuivre en paix mes travaux.

Il se tourna vers nous, le visage soudain grave.

– Voilà plus de dix ans que je mène des recherches sur Nessie. En vain, malheureusement. Et puis, il y quelques semaines, j'ai découvert par hasard ce jeune tyrannodon échoué sur la berge. Il s'était pris dans un filet de pêcheur dont il ne parvenait plus à se libérer. Sans mon intervention, la pauvre bête serait morte. Je l'ai conduite à mon laboratoire, soignée, nourrie d'un mélange de lait et de farine de poisson. Comme vous pouvez le voir, elle se porte aujourd'hui comme un charme.

– Mais alors, s'écria P. P., les de Culbert vont devenir mondialement célèbres !

Oncle Archibald secoua la tête :

– Pas question, mon cher neveu. Lorsque j'aurai terminé mes observations, ce jeune tyrannodon rejoindra librement les eaux du loch, et nul n'en saura jamais rien.

– Vous voulez dire que vous garderez pour vous cette sensationnelle découverte ? Que vous refuserez la gloire ? La fortune ?

P. P. n'en revenait pas.

– Le tyrannodon n'a pas fait ce long voyage à travers les siècles pour finir derrière la vitre d'un zoo, mon garçon. Il est de mon devoir de lui rendre sa liberté.

– Laissez-moi au moins le prendre en photo !

– Non, Pierre-Paul. Son existence doit rester secrète sous peine d'attirer ici tous les chasseurs de la création.

– Comme Anton Sémaphorius ?

– Oui, Miss Blondine. Vous comprenez mieux, maintenant, mon inquiétude en apprenant que mon vieil ennemi rôde dans les parages. Je connais Anton : il est capable de tout pour s'emparer du tyrannodon et le vendre au plus offrant.

Il avait raison. Si fantastique que soit l'animal que nous contemplions, je ne donnais pas cher de sa peau s'il devait tomber entre les mains d'individus sans scrupule. Oncle Archibald était un savant, il avait résolu le mystère du monstre du Loch Ness. Seuls P. P., Mathilde et moi devrions rester témoins de sa découverte fabuleuse.

– Maintenant il est tard, dit oncle Archibald. J'ai encore du travail. Rentrez au château et essayez de dormir. Je compte sur vous, n'est-ce pas ? Pas un mot à quiconque.

– Vous avez notre parole, mon oncle, dit solennellement P. P. Même si l'on me soumettait à la torture de la diète, je ne dirais rien.

Et, comme pour sceller notre pacte, nous étendîmes la main droite tous ensemble au-dessus de l'aquarium.

– *Fabulas, fabulis*, récita P. P., que je sois transformé en hamster si je mens.

Alerte rouge

Quand je parvins à m'endormir cette nuit-là, ce fut pour sombrer dans une suite de rêves sans queue ni tête où se mêlaient le tyrannodon, le chuchurda (il somnolait tranquillement sur le couvre-lit de Mathilde quand nous avions regagné le château) et un monstrueux hamster qui portait sur le museau les lunettes de P. P.

– Au secours ! hurlai-je en me débattant comme un beau diable. Une bête ignoble !

– Ce n'est que moi, fit la voix de P. P. Réveille-toi, Rémi.

En le voyant à genoux sur mon lit, tout habillé, je compris instantanément qu'il se passait quelque chose.

– Quelle heure est-il ? articulai-je.

– Six heures et quart. Debout, gros paresseux. Enfile quelque chose et suis-moi. Vite, Mathilde nous attend.

– Six heures et quart ? répétai-je, incrédule. Un jour de vacances ?

– Les vacances sont finies, mon brave Pharamon. Alerte rouge. Vite, le temps presse.

Comme un somnambule, je tombai à bas du lit, cherchant à reprendre mes esprits. Les événements de la nuit mêlés à mon cauchemar formaient dans ma tête une bouillie informe. Alerte rouge ? Que voulait-il dire par là ?

– Pas le temps. Je t'expliquerai en chemin.

Titubant dans mes baskets délacées, je dégringolai l'escalier à sa suite. Où était Mathilde ? À quoi rimait ce sac à dos qui bringuebalait sur les épaules de P. P. ?

Dehors, le jour pointait à peine. Le brouillard envahissait le parc, estompant la cime des grands arbres. On n'y voyait pas à dix mètres. L'air était frais et me fit frissonner.

– Mais où va-t-on ?

Sans répondre, P. P. m'entraîna à travers les pelouses et je compris que nous descendions vers le loch.

– Et la voiture ? protestai-je.

– Par cette purée de pois ? Tu n'y penses pas. D'ailleurs, un peu de marche te réveillera.

En chemin, il consentit enfin à s'expliquer.

– C'est mon régime, commença-t-il. Je me suis réveillé vers quatre heures avec une petite faim et je me suis souvenu qu'il restait de la tarte aux fraises à la cuisine. Je descends donc à pas de loup, selon une vieille technique indienne dans laquelle je suis passé maître et…

– Abrège, P. P.

– Comme tu voudras. Bref, dans la cuisine, je tombe sur Mathilde. Elle ne pouvait pas dormir elle non plus. Après m'être frugalement restauré, je décide d'aller faire un tour avec elle du côté du laboratoire d'oncle Archibald, histoire de vérifier que tout va bien.

– Sans moi ? Merci, les amis ! Belle preuve de confiance !

– Tu dormais d'un sommeil de bête repue. Je ne me suis pas senti le courage de te tirer des bras de Morphée.

– Morphée ? Qui c'est, celui-là ?

P. P. leva les yeux au ciel.

– Pardon, mon pauvre Rémi. J'oubliais que ton vocabulaire ne dépasse pas les vingt-cinq mots.

Apprends donc qu'il s'agit d'une expression qui signifie…

– P. P., avertis-je, je ne me sens pas d'humeur à supporter une leçon de français. Ne provoque pas le monstre qui sommeille en moi.

– D'accord. D'ailleurs, c'est sans importance. Voilà la fosse au lion, tu comprendras tout par toi-même.

En effet, le grillage de la fosse venait de surgir à travers le brouillard. Nous l'escaladâmes, descendîmes au fond du boyau et nous glissâmes par l'ouverture qui conduisait au laboratoire.

Mathilde nous y attendait au milieu d'un paysage de désolation.

On aurait dit que quelqu'un s'était acharné à saccager le laboratoire d'oncle Archibald. Les fioles et les instruments de mesure gisaient à terre, le sol en ciment était couvert de débris de verre nageant dans plusieurs centimètres d'eau croupie.

Il ne me fallut pas longtemps pour comprendre d'où venait le début d'inondation. À l'exception de quelques algues racornies, l'aquarium était vide. Le tyrannodon s'était volatilisé.

– Mais que s'est-il passé ici ? m'écriai-je. Où est oncle Archibald ?

Mathilde eut une grimace d'agacement.

– Pas très difficile à comprendre. On l'a enlevé avec le tyrannodon.

– Enlevé ?

– Anton Sémaphorius, sans aucun doute, fit Mathilde tandis que la petite tête hirsute du chuchurda pointait hors de la poche de son caban. Regardez : le bassin est relié au loch par une canalisation souterraine. C'est par là qu'il a dû faire sortir le tyrannodon.

– Mais comment l'a-t-il emporté ? Une bête de deux cents kilos ne se transporte pas comme ce singe ridicule.

Cette fois, ce fut au tour de P. P. de hausser les épaules.

– D'abord, Sherlock n'est pas un singe ridicule. Ensuite, je te rappelle qu'Anton Sémaphorius a affrété un bateau de pêche. Je parie trois bocaux de cornichons qu'il y a fait aménager un aquarium pour le tyrannodon.

– Il faut le retrouver, dit sourdement Mathilde. Pas question de laisser cet affreux bonhomme transformer le fils de Nessie en curiosité de foire.

– Tu oublies oncle Archibald. À l'heure qu'il est, mon pauvre tonton est aux mains de son pire ennemi.

– Prévenons la police, suggérai-je.

– Pour que tous les journaux en parlent ? Je te rappelle que nous avons promis le secret à oncle Archibald.

Mathilde avait raison. Mais où chercher ? Le loch est immense. Anton Sémaphorius avait plusieurs heures d'avance sur nous. Autant chercher une aiguille dans une meule de foin.

– Réfléchissons, dit P. P. Un monstre préhistorique ne se dissimule pas si facilement. Il faut un lieu retiré, assez vaste pour y accoster en bateau et…

– P. P., m'exclamai-je, tu es un génie !

C'était si simple ! Comment n'y avions-nous pas pensé plus tôt ?

– Je sais, dit P. P. modestement tout en roulant des yeux ahuris. Mais qu'est-ce que j'ai dit ?

– Tes photos ! La pellicule que nous sommes allés chercher au village ! Le château des Carpates !

– C'est la fièvre, dit Mathilde. Il délire.

– Mais non ! Rappelez-vous : sur l'une des photos, on voit des lumières sur l'île de Kilarn'agh. Or P. P. nous a dit qu'elle était abandonnée depuis des siècles ! Sémaphorius est là, j'en suis sûr. Il s'est installé dans le château en ruine.

Tout se mettait en place.

L'appareil à déclenchement automatique de P. P. avait enregistré une présence dans l'île. Qui se serait amusé à affronter de nuit la malédiction pesant sur les lieux, sinon quelque malfaiteur sans scrupule, certain qu'on ne viendrait pas l'y déranger ?

– J'ai lu un vieux guide historique sur Kilarn'agh, acquiesça lentement P. P. en hochant la tête. Les souterrains du château abritent un bassin où les propriétaires remisaient leur bateau.

– Qu'est-ce que nous attendons, alors ? trépigna Mathilde. Filons à Kilarn'agh !

– Mais comment ? m'exclamai-je. L'île est à plusieurs kilomètres du rivage.

– Aucun problème, dit P. P. avec un sourire malicieux. Comme l'a dit ce bon Pharamon, n'oubliez pas que vous disposez d'un atout maître.

– Un atout ? Et lequel, je te prie ?

– Moi, ma chère Mathilde. Moi et mon cerveau surpuissant, capable de damer le pion aux esprits les plus machiavéliques.

Mathilde eut une grimace d'exaspération.

– Et comment comptes-tu te rendre sur l'île, ô génie surpuissant ? En cornemuse à voile ? En sous-marin gonflable ?

P. P. ignora ces basses attaques.

– Vous voulez sauver le tyrannodon, n'est-ce pas ? fit-il avec une moue triomphale. Alors, plus une minute à perdre. Le *Pierre-Paul II* nous attend.

P. P. à l'abordage

– Le *Pierre-Paul II* ? s'exclama Mathilde en retenant un fou rire nerveux. Tu ne veux tout de même par dire que nous allons traverser le loch sur ce rafiot ?

– Sache, ma chère Mathilde, dit P. P. sans se troubler, qu'à partir de cet instant, je suis le seul maître à bord après Dieu. Toute mutinerie sera sévèrement châtiée.

Le *Pierre-Paul II* de P. P. était une vieille barque moisie datant au moins de l'arche de Noé. Dans le brouillard, je l'avais prise d'abord pour une souche échouée sous le ponton. Le fond de la barque disparaissait sous vingt centimètres d'eau, et il avait fallu écoper pendant une bonne demi-heure avec une boîte de conserve rouillée pour la remettre à flot.

– J'ignorais que tu avais retapé le *Titanic*, P. P., dis-je en sautant à bord.

Sous mon poids, l'épave se mit à tanguer dangereusement, provoquant les cris d'effroi de Sherlock. Tapie à l'arrière, Mathilde s'accrochait au plat-bord, le teint verdâtre.

– Ne comptez pas sur moi pour ramer, marmonna-t-elle sans ouvrir la bouche. Je crois que je vais vomir.

Il y avait juste un peu de vent, mais la surface du loch était agitée, la visibilité à peu près nulle. Debout à la proue, la main sur le cœur comme Napoléon, P. P. Cul-Vert dirigeait la manœuvre.

– Souquez ferme, moussaillon, lança-t-il tandis que je larguais l'amarre. Un peu de nerf, par les cornes de Belzébuth !

– Attends, protestai-je. Pourquoi est-ce à moi de ramer ?

– Parce que tu es le plus fort, riposta-t-il du tac au tac. Musculairement, bien entendu…

Que répondre à un tel argument ? Je m'installai sur le banc de nage, m'emparai des rames en bougonnant. Il ne manquait plus que le battement du tambour marquant la mesure pour se croire dans une galère romaine transportant un gros consul, une passagère verdâtre et son singe de compagnie. Sauf que j'étais le seul dans le rôle de l'esclave.

L'eau s'infiltrait entre les planches disjointes de la coque, alourdissant un peu plus la barque à chaque coup de rame. Dire qu'il y a des gens qui payent pour faire du vélo-rameur dans les salles de gym ! J'avais beau m'escrimer, nous n'avan-

cions pas. Mathilde pesait comme un poids mort, le cœur au bord des lèvres, le chuchurda gémissait, c'est à peine si l'on distinguait maintenant la silhouette de P. P. à l'avant de la barque tant le brouillard était épais.

Nous devions être déjà au milieu du loch et l'île demeurait toujours invisible. Comment se repérer dans cette purée de pois ? Un fort courant faisait dériver la barque. Par instants, un choc sourd ébranlait la coque. Des branches immergées, peut-être… Ou Nessie profitant du brouillard pour venir culbuter notre coquille de noix et se venger du rapt de son petit tyrannodon… Comment savoir ? Mieux valait ne pas réfléchir, sous peine de faire machine arrière.

– Rémi, dit la voix lamentable de P. P., je crois que nous sommes perdus.

Au même moment, un craquement affreux retentit, suivi d'une secousse si violente que je fus précipité au fond de la barque.

Puis la brume se déchira soudainement, révélant la silhouette torturée des ruines de Kilarn'agh. Nous venions de nous échouer sur l'île.

– Mathilde, P. P., tout va bien ?

– Je crois, fit une petite voix. Sherlock n'a rien. Et Pierre-Paul ?

Un clapotis se fit entendre à droite de la barque. Sautant à terre, nous découvrîmes P. P. barbotant à quatre pattes dans la vase du rivage comme s'il avait perdu quelque chose.

– Catastrophe, gémit-il. Catastrophe…

– Tes lunettes ? demandai-je.

– Pire que ça : ma ration de survie… Un plein sac de lapin aux morilles et de chou farci en conserve ! Tout a sombré au fond du loch.

Ainsi, c'était ça que j'avais entendu tintinnabuler dans son sac. P. P. était parti au combat lesté de cinq kilos de bocaux et de boîtes de conserve !

– Ça fera le régal de Nessie, dit Mathilde. De quoi te faire pardonner pour tes concerts de cornemuse… Maintenant, si tu as fini tes ablutions, nous pourrions peut-être passer aux choses sérieuses.

– En tout cas, remarquai-je, nous pouvons dire adieu au *Pierre-Paul II*.

La barque n'avait pas résisté à l'accostage : le bois pourri s'était disloqué, ouvrant la coque en deux comme une vulgaire noix de coco. En fait de choses sérieuses, nous étions coincés sur l'île, sans moyen de retour.

– J'espère que ta déduction était bonne, dit

Mathilde comme si elle lisait dans mes pensées. Si nous ne trouvons pas Anton Sémaphorius et son bateau de pêche, nous sommes condamnés à mourir de faim.

– Il reste encore Sherlock, remarqua P. P. en tordant ses habits gorgés d'eau. Rôti à petit feu, je suis sûr qu'il doit être tout à fait comestible.

– Sauvage ! hurla Mathilde. Si tu touches à un seul poil de cette pauvre bestiole, c'est toi qui finiras en brochette !

– Nous avons assez perdu de temps comme ça, intervins-je en les séparant. Cet endroit est sinistre, je n'ai aucune envie de traîner ici plus longtemps.

Les ruines de Kilarn'agh se dressaient sur un tertre rocheux, forme sinistre et menaçante.

Un endroit idéal pour se cacher, pensai-je avec un frisson. Aucun promeneur n'aurait été assez fou pour s'aventurer dans l'île.

Aucun, sauf nous… Mais il fallait sauver oncle Archibald et le tyrannodon.

En file indienne, nous prîmes le sentier qui sinuait entre les ajoncs.

Le château en ruine

Mathilde avait pris la tête, guidée par le chuchurda qui la tirait par la main.

– On dirait qu'il sent quelque chose. Oncle Archibald ne doit pas être loin, pronostiqua P. P.

Je haussai les épaules.

– Parce que tu crois que je vais me fier à un singe grotesque ?

– Dans l'échelle de l'évolution, mon brave Pharamon, ce chuchurda a des années lumière d'avance sur toi. Figure-toi que je lui ai appris à jouer aux échecs et que…

– Silence, ordonna Mathilde. Nous y sommes. Pas question de nous faire repérer.

Devant nous se dressait la façade du château, ou ce qu'il en restait : une lourde poterne d'entrée, une porte vermoulue encadrée d'un mur d'enceinte partiellement effondré. Une cour envahie par les herbes, au fond une tour crénelée qui ne semblait tenir debout que par miracle.

Nous n'eûmes aucun mal à franchir les éboulis qui protégeaient la cour.

M'étais-je trompé ? Tout était silencieux, inhabité, à l'exception d'une colonie de corneilles qui s'échappa des créneaux en piaillant lugubrement. Les eaux du loch battaient en contrebas, et nous eûmes beau scruter le rivage depuis le mur d'enceinte, il n'y avait pas trace du bateau d'Anton Sémaphorius.

– Regardez, dit soudain Mathilde en fouillant du pied entre les dalles. Les restes d'un feu ! Quelqu'un s'est abrité ici il n'y a pas longtemps.

Mais déjà le chuchurda l'entraînait vers la tour, glapissant et le poil hérissé comme celui d'un chat.

Il s'arrêta devant la lourde porte cloutée qui en barrait l'accès, grattant furieusement le sol et nous jetant des regards désespérés.

Saisissant la poignée rouillée, je pesai dessus de tout mon poids. Rien à faire. Je réussis seulement à m'écorcher les doigts.

– Ils sont là-dedans, ragea Mathilde en s'y cassant les ongles à son tour. J'en donnerais ma main à couper !

– Attendez, dit P. P. en se grattant le front. À mon avis, il s'agit juste d'un petit problème de physique élémentaire : poids du projectile multiplié par le carré de la vitesse… Laissez-moi faire.

Il ôta ses lunettes, les tendit à Mathilde puis, prenant trois pas d'élan, se jeta de toutes ses forces contre la porte.

Nous n'eûmes pas le temps de le retenir : le chambranle pourri céda sous son poids comme un cerceau de papier. Entraîné par son élan, P. P. avait traversé la porte à la vitesse d'un boulet de canon. Il y eut un long cri déchirant, le bruit d'une chute, puis plus rien.

– P. P. ! m'écriai-je. Il est mort !

Sherlock s'était jeté à son tour dans le trou béant de la porte. Je m'y faufilai, suivi de Mathilde, tremblant de ce que nous allions découvrir de l'autre côté.

Soudain, le sol manqua sous mes pieds. Je dus me retenir à Mathilde pour ne pas tomber.

Un jour pauvre entrait par une meurtrière, éclairant un escalier en colimaçon qui dégringolait vers les profondeurs de la terre. C'était par là que P. P. avait disparu, et, à sa suite, la queue blanche du chuchurda.

Agrippés l'un à l'autre, nous descendîmes une à

une les marches glissantes, nous retenant aux murs gluants d'humidité. La luminosité baissait à mesure et, bientôt, nous fûmes dans le noir complet.

Je fouillai dans mes poches, pestant contre la promesse de ne pas fumer que j'avais faite à ma mère avant de partir. Au moins, j'aurais eu des allumettes.

– Rémi ! Tu n'entends rien ?

Je m'immobilisai brutalement, tâtonnant de la pointe du pied. La volée de marches venait de laisser place à une surface plane et lisse. Je tendis l'oreille, percevant dans l'obscurité ce qui ressemblait à une respiration haletante.

Mon sang se glaça instantanément dans mes veines : il y avait quelqu'un juste en face de moi.

Puis la mollette d'un briquet grinça, une flamme jaillit derrière mon dos, éclairant une salle voûtée et une silhouette allongée sur le sol.

– P. P. ! criai-je. Mon vieux P. P. ! Tu n'as rien ?

C'était P. P. en effet, qui avait dévalé l'escalier sur les fesses et gisait à demi assommé sur les dalles, Sherlock sautant de joie sur son estomac comme sur un trampoline.

– Écartez ce monstre de moi ! geignit P. P. Mon petit corps douillet n'est plus qu'un énorme hématome !

Mathilde récupéra Sherlock tandis que j'aidais P. P. à se remettre sur ses jambes.

– Bah ! quelques bosses tout au plus, le consolai-je en brossant son pantalon. Tu avais déjà celle des maths… Tu n'es pas plus hideux que d'habitude, rassure-toi.

– Merci de ta sollicitude, grimaça P. P. J'ai dû faire une chute de cent mètres au moins, et sans mes délicats rembourrages naturels, je faisais une belle omelette !

– Pouah ! fit Mathilde. Quelle horrible vision : Pierre-Paul nageant dans les débris de sa cervelle comme un gros jaune d'œuf visqueux…

Je ne pus m'empêcher d'éclater de rire.

– N'empêche, dit P. P. en reprenant ses lunettes d'un air vexé. Sans moi, vous n'auriez jamais trouvé cette salle secrète.

À la lumière du briquet de Mathilde, nous explorâmes les lieux. On aurait dit un ancien cachot, aux murs lisses et suintants. Tout au fond, une grille ouverte gardait un étroit passage voûté qui s'enfonçait dans l'obscurité.

À en croire Sherlock et les bonds qu'il faisait sur le sol, c'était par là qu'il fallait continuer.

– Je vous préviens, marmonnai-je en m'y engageant, je commence à en avoir ma claque des souterrains et des passages dérobés. La prochaine fois que P. P. nous invitera pour des vacances, j'emporterai ma panoplie de rat d'égout.

Par chance, le tunnel était plus court qu'il n'y paraissait : une vingtaine de mètres tout au plus, au bout desquels nous débouchâmes dans une autre salle, minuscule cette fois.

Le temps d'habituer nos yeux à la pâle lumière qui tombait par une meurtrière, et nous poussâmes un cri de triomphe. La pièce était à peu près nue, à l'exception d'un empilage de caisses qui encombraient le fond, recouvertes de vieilles toiles de marin et de cordages. Adossé à ce bric-à-brac, un bâillon sur la bouche et ficelé comme un saucisson, gisait oncle Archibald.

Pris au piège !

– Mes enfants ! s'exclama-t-il quand nous l'eûmes délivré. Je commençais à désespérer.

– C'était compter sans moi, dit P. P. Je n'y peux rien, l'héroïsme est ma seconde nature. Embrassez votre sauveur, cher tonton.

– Minute, dis-je tandis qu'ils se donnaient cérémonieusement l'accolade. Et nous, alors ?

– Et Sherlock ? renchérit Mathilde. C'est tout de même lui qui nous a guidés jusqu'ici.

En quelques mots, oncle Archibald nous mit au courant des événements de la nuit. Anton Sémaphorius avait fait irruption dans son laboratoire, réclamant au nom de leur ancienne amitié de partager avec lui sa découverte. Oncle Archibald avait refusé tout net. Une courte bagarre s'était ensuivie. Oncle Archibald prenait le dessus quand une arme pointée dans ses reins l'avait contraint à se laisser ligoter. Réduit à l'impuissance, il avait assisté au chargement du tyrannodon sur le bateau de pêche. Sémaphorius et son complice, le pilote du navire, avaient alors appareillé pour l'île avec leur précieux chargement. L'enlèvement d'Oncle Archibald n'était pas prévu dans leur plan : ils l'avaient abandonné là, dans ce cachot humide, en attendant de décider de son sort.

– Et le tyrannodon ?

– Un bassin a été creusé sous la falaise, juste en dessous du château. Le *Sémaphorius IV* est caché là, à l'abri des regards indiscrets, en attendant la nuit. Le tyrannodon est à bord.

À cet instant, un étrange mugissement se fit entendre : un cri assourdi qui semblait monter des profondeurs de la terre, se répercutant en écho à travers les salles voûtées pour mourir jusqu'à nous.

– Qu'est-ce que c'est que ça ? sursauta P. P. tandis que le chuchurda terrifié bondissait sur l'épaule de Mathilde et se réfugiait dans la capuche de son caban.

– Aucune idée. Peut-être le fantôme de ta cornemuse, suggérai-je d'une voix blanche.

À vrai dire, je n'en menais pas large. Quel animal pouvait bien produire ce meuglement ? Même oncle Archibald en parut impressionné.

– Tout cela ne me dit rien qui vaille, murmura-t-il. Hâtons-nous de sortir d'ici.

Mais il était trop tard. La puissante lumière d'une torche envahit brusquement notre cellule tandis qu'un ricanement éclatait :

– Tiens, tiens, des visiteurs ! Je n'en espérais pas tant !

La longue silhouette anguleuse d'Anton Sémaphorius se tenait devant la porte, nous barrant la sortie.

– Surtout, pas un geste, lança-t-il, sinon ce cher Mac Dermott pourrait bien ne pas se contrôler.

Un autre homme se tenait derrière lui, un type trapu, à la mâchoire carrée, un bonnet de marin enfoncé sur le crâne. Dans sa main droite brillait l'éclat d'un pistolet.

On a beau avoir vu ça mille fois dans les films, ça donne un choc. Je sentis mes jambes se liquéfier sous moi tandis que le battement de mon cœur s'accélérait soudainement.

– Anton ! s'exclama Archibald en s'interposant courageusement devant le canon de l'arme. Il s'agit d'enfants…

– Rassure-toi, ricana Sémaphorius, je ne leur ferai aucun mal pourvu qu'ils restent tranquilles.

Dans la lumière de la torche, sa barbe raide brillait d'un éclat diabolique.

– Au fond, cela m'arrange, continua-t-il. Je n'aimais pas l'idée de laisser derrière moi trois petits témoins gênants.

– Que comptes-tu faire de nous ?

– Vous garder au frais un moment. Le temps qu'on vous découvre ici, je serai loin, et le tyrannodon aussi.

– Vous ignorez à qui vous avez affaire, dit P. P. crânement. Mon père est l'honorable Anthime de Culbert. Dès qu'il apprendra que son cher rejeton est séquestré, il remuera ciel et terre pour…

Le rire de Sémaphorius l'interrompit.

– Et comment l'apprendrait-il, jeune homme ? Si je ne m'abuse, vous avez quitté Keays Castle sans avertir personne.

Il avait raison, réalisai-je avec horreur : avant qu'on nous retrouve au fond de ce trou, nous aurions eu largement le temps de nous transformer tous les quatre en squelettes.

– J'en appelle à ton honneur de scientifique, essaya oncle Archibald à son tour. Tu es un naturaliste, pas un brigand de bas étage. Le tyrannodon ne survivra pas à la captivité.

– Bah ! dit Sémaphorius en haussant les épaules. Je connais des dizaines de zoos en Europe qui paieraient des fortunes pour posséder le fils de Nessie. Je serai riche, célèbre dans le monde entier. Peu importe ce qu'il adviendra ensuite.

– Espèce de brute ! s'indigna Mathilde. Le tyrannodon n'est encore qu'un bébé !

– Trêve de discussion, coupa Sémaphorius, la voix soudain tranchante comme un rasoir. Nous avons assez perdu de temps comme ça. Inutile d'attendre la nuit : le brouillard est assez dense pour que nous puissions filer.

Il se tourna vers Mac Dermott, aboyant quelques instructions.

– C'est là que nos chemins se séparent, Archibald, conclut-il en reculant vers la sortie. Sois beau joueur : j'ai gagné. Le tyrannodon m'appartient désormais. L'élève a dépassé le maître. Adieu.

La lumière s'éteignit et, sur ces mots, il disparut.

Le fracas d'un verrou résonna dans l'obscurité. Cette fois, nous étions bel et bien prisonniers.

Ce brave Sherlock

Durant quelques instants, nous fûmes incapables d'un mouvement. C'était vraiment trop bête : nous étions venus nous jeter comme des bleus dans la gueule du loup. Sémaphorius allait appareiller, nous étions coincés dans ce cachot sans lumière, sans aide extérieure ni possibilité de nous enfuir.

Une rapide exploration des lieux nous ôta tout espoir d'évasion. L'ouverture dans le plafond était trop étroite et la grille si épaisse qu'il aurait fallu un bulldozer pour l'arracher de ses gonds.

– Mes pauvres enfants, fit oncle Archibald, je crains de vous avoir entraînés dans une funeste équipée.

– Tout espoir n'est pas perdu, s'écria Mathilde. Cette brute de Sémaphorius ne l'emportera pas au paradis !

– Et comment comptes-tu nous faire sortir d'ici ? demandai-je. En forçant la serrure avec une épingle à cheveux ?

– Mais non ! Grâce à Sherlock !

Dans l'émotion du moment, j'avais oublié le chuchurda. Il pointait sa petite tête ébouriffée de la capuche de Mathilde, clignant des yeux et tortillant de la queue.

– Lui seul pourra passer à travers les barreaux, continua Mathilde. Il ira chercher du secours.

– Pourquoi pas la cavalerie ? dis-je avec accablement.

– C'est la seule solution, approuva oncle Archibald gravement.

Déjà, Mathilde s'accroupissait près de la grille, caressant le chuchurda pour l'encourager.

– La clef, mon Sherlock. Va chercher la clef de la grille.

Sherlock la regardait, inclinant la tête de côté comme s'il cherchait à comprendre. Dans l'obscurité, ses yeux rouges brillaient d'une sorte d'intelligence malicieuse. Mais que pouvait-on attendre d'un singe nain du Zimbabwe ?

– Ramène la clef, mon Sherlock, répéta Mathilde. Tu entends ? La clef de la grille…

Au même instant, un nouveau mugissement fit

trembler les voûtes. Le chuchurda poussa un cri de terreur et, échappant aux mains de Mathilde, se faufila d'un bond à travers la grille avant de détaler dans l'obscurité.

– Zut et rezut ! grondai-je. J'étais sûr qu'on ne pouvait pas compter sur ce gnome.

– Gnome toi-même, riposta P. P. Il fallait essayer.

– Ne nous chamaillons pas, intervint oncle Archibald. Miss Blondine a fait ce qu'elle a pu. Il ne nous reste plus qu'à attendre maintenant.

– Je suis sûre qu'il va réussir, murmura Mathilde sans trop y croire.

– Tu parles ! Il se cache quelque part en tremblant comme une feuille !

– Le pauvre chéri ! Tout seul dans le noir !

– En tout cas, dis-je, quoi qu'il advienne, je ne mettrai plus jamais les pieds dans un zoo de ma vie. J'en ai soupé des singes savants, des monstres préhistoriques et des zèbres… Je préfère encore l'internat.

– Si nous y revenons un jour, murmura P. P. d'une voix lamentable.

Nous allâmes nous asseoir chacun dans un coin du cachot, la tête basse. Les carottes étaient cuites : jamais nous ne sortirions d'ici vivants.

Même oncle Archibald semblait avoir perdu son flegme légendaire. Lui qui avait chassé le lion dans les savanes d'Afrique, traversé des jungles en pirogue et combattu des crocodiles à mains nues, en était réduit à ce qu'il détestait le plus au monde : attendre…

Mais attendre quoi ? Sémaphorius avait raison : nous avions bel et bien perdu la partie.

– Ne t'inquiète pas, dis-je en me rapprochant de Mathilde. Nous nous en sortirons, je te le promets.

– Tu es gentil, dit-elle en posant la main sur mon bras. C'est la première fois que ça m'arrive, mais je crois que j'ai vraiment peur.

Je ne sais pourquoi, cet aveu me fit du bien : je n'en menais pas large moi non plus.

Sauvés !

Combien de temps dura notre réclusion ?

Je ne saurais le dire. P. P. faisait les cent pas dans la cellule, fouillant désespérément les recoins les plus poussiéreux de son cerveau à la recherche d'une solution. Oncle Archibald, lui, s'était attaqué à la grille avec le seul outil à sa disposition : une minuscule lime à ongles tirée du nécessaire de manucure qu'il gardait toujours sur lui. Au train où cela allait, il se passerait un demi-siècle avant que ne cède le premier barreau.

À moins que…

Mathilde et moi relevâmes la tête en même temps. Avions-nous rêvé ou un bruit indistinct se faisait-il entendre ?

L'oreille dressée, j'arrêtai de respirer. Cette fois, le bruit se précisa. Je sautai sur mes pieds à l'instant où l'ombre déformée d'une silhouette s'allongeait sous la grille, projetée par le faisceau d'une lampe-torche.

– Sherlock ! cria Mathilde. Il est revenu !

Comme en se jouant, le chuchurda se faufila à travers la grille, déboulant dans notre cachot avec la vivacité d'un diable à ressort. En deux bonds, il avait sauté dans les bras de Mathilde, nous défiant du regard avec des petits cris de triomphe.

Mais il n'était pas seul. Derrière lui, une massive silhouette de rugbyman se glissait à son tour dans l'étroit boyau, une lampe à la main.

– Cornélia ! glapit oncle Archibald. Nous sommes là !

C'était bien elle, sanglée dans un imperméable qui mettait en valeur ses épaules carrées, son fichu de ménagère en plastique transparent sur le crâne.

Que fabriquait-elle ici ? Par quel miracle avait-elle retrouvé notre trace ? Tout allait si vite que j'en perdais mon latin.

Jetant un rapide coup d'œil à l'intérieur, elle poussa un grognement de satisfaction. Nous devions avoir une drôle d'allure tous les quatre, pétrifiés dans l'éclat de sa lampe. Mais déjà, oncle Archibald reprenait ses esprits :

– Eh bien, dit-il, qu'attendez-vous pour nous délivrer ? La clef, vite !

La clef ? Pour quoi faire… Rien ne semblait pouvoir résister à Cornélia. Saisissant les barreaux dans ses paumes énormes, elle poussa un

soupir de lutteur de sumo, bloqua sa respiration et, se carrant solidement sur ses pieds, arracha la grille d'une seule traction.

Malgré le hourra que je poussai, j'eus un frisson : je n'aurais pas aimé me faire enlever une prémolaire par un dentiste de cette trempe !

– Ma chère Cornélia, vous nous sauvez, la congratula oncle Archibald en consultant sa montre. Un peu tardivement, peut-être, mais soyez assurée de notre reconnaissance éternelle.

Une pétarade lointaine lui répondit.

Non, il n'était pas trop tard !

Le bateau d'Anton Sémaphorius venait de mettre son moteur en marche. Avec un peu de chance, nous pouvions encore l'empêcher de s'enfuir.

Nessie à la rescousse

Ce fut une cavalcade effrénée.

Cornélia avait pris la tête, nous guidant à travers le dédale souterrain. Oncle Archibald la suivait en petites foulées, les coudes collés au corps comme s'il accomplissait dignement sa gymnastique matinale.

Derrière lui venait Mathilde, Sherlock à cheval sur ses épaules à la façon d'un minuscule jockey. Je fermais la marche avec P. P. : le sprint n'a jamais été son fort, et je devais le tirer de toutes mes forces pour ne pas nous laisser semer.

– Si je sors de cette aventure, haleta-t-il, je renonce au bœuf gros sel et à la soupe au chou.

– Ne dis rien que tu pourrais regretter, l'interrompis-je en ralentissant l'allure. Je crois que nous y sommes…

Cornélia venait de stopper net en haut d'un escalier.

En contrebas s'ouvrait une vaste salle taillée dans la roche. Une salle ? Un bassin plutôt, une étendue d'eau miroitante bordée d'un quai, dans laquelle se réfléchissaient des milliards de particules lumineuses.

– Le bassin de Kilarn'agh !

Je ne pus retenir un sifflement d'admiration : la falaise sous le château avait été creusée aux dimensions d'un petit port, couvert d'un plafond si haut qu'on se serait cru à l'intérieur d'une cathédrale. La pierre luisante était incrustée de facettes sur lesquelles jouait la torche de Cornélia. C'était magique, comme une voie lactée qui se serait mise à scintiller brusquement, réfléchie dans les eaux noires du bassin.

– Regardez ! Le *Sémaphorius IV !* Il appareille !

Le bateau d'Anton Sémaphorius était rangé le long du quai, moteur bourdonnant. Un vaste aquarium solidement arrimé occupait toute la longueur du pont : le tyrannodon était là, petite masse rose terrorisée dans sa prison transparente.

Une veilleuse était allumée dans la cabine, éclairant le profil de brute et le bonnet de Mac

Dermott. À l'avant du bateau, une silhouette longiligne s'agitait sur les amarres.

– Anton ! hurla oncle Archibald d'une voix de stentor. Tu ne t'en tireras pas comme ça !

Peine perdue. Ignorant l'avertissement, Sémaphorius venait de larguer les amarres.

Nous nous lançâmes dans les escaliers tandis que les bourdonnements du moteur prenaient de la puissance, enveloppant l'atmosphère d'une vapeur d'essence nauséabonde.

– Vite, cria Mathilde, ils s'enfuient !

Le temps de gagner l'extrémité opposée du bassin, le combat était perdu : le *Sémaphorius IV* s'éloignait du quai, manœuvrant de toute la puissance de ses machines.

Hurlant et gesticulant, réduits à l'impuissance, nous le vîmes achever sa marche arrière, virer de bord en évitant habilement les piles du quai avant de mettre le cap sur la poterne qui fermait la rade.

Derrière, c'était le loch. Les eaux libres. Le *Sémaphorius IV* nous échappait, emportant avec lui le bébé tyrannodon dans son immense bocal phosphorescent.

– Reviens, Anton ! essaya encore oncle Archibald. Il n'est pas trop tard ! Je te jure que cette histoire restera entre nous ! Reviens, je t'en conjure, au nom de la science et de notre ancienne amitié !

Debout sur le pont, jambes écartées à la façon d'un capitaine victorieux, Anton Sémaphorius nous contemplait d'un air sarcastique, agitant la main en signe d'adieu.

Que faire ? Nous jeter à l'eau ? Ridicule : le bateau prenait de la vitesse. Encore quelques secondes et il aurait franchi la poterne, s'évanouissant dans la brume qui noyait le loch. Il aurait fallu un canon, une pièce d'artillerie, et boum ! un obus sous la ligne de flottaison. B-4, coulé, comme à la bataille navale ! Mais, hormis la torche de Cornélia, nous avions les mains vides. Et puis tirer n'aurait pas été une solution : le tyrannodon était à bord, gentil monstre palmé qui frémissait de terreur. Un coup mal ajusté et c'en était fini de lui…

– Adieu, Archibald ! cria encore Sémaphorius. Nous nous retrouverons en enfer !

Je sentis Mathilde qui se serrait contre moi, au bord des larmes, protégeant le chuchurda comme s'il avait été menacé lui aussi. De l'autre côté, P. P. grinçait des dents, trépignant de rage et d'impuissance.

– Le fils de Nessie, gémit-il. La plus extraordinaire découverte de l'homme depuis la révélation de mon génie, et il nous échappe !

Je retins moi aussi un sanglot. C'était fini. Le tyrannodon terminerait ses jours dans les fonds glauques d'un aquarium de zoo, guetté par des milliers de curieux qui lui feraient des guili-guili à travers la vitre… Triste destin pour un pauvre animal de quelques mois qui n'avait qu'un tort : être l'un des derniers survivants des grands monstres de la préhistoire.

Je n'ai jamais eu d'affection délirante pour les animaux. Mais le tyrannodon n'était encore qu'un bébé malgré ses deux cents kilos, une bête innocente et vulnérable que nous n'avions pas su protéger.

Si j'avais pu tenir Anton Sémaphorius à cet instant, je crois que j'aurais été capable de le transformer en nourriture pour poisson rouge pour lui apprendre la politesse.

– Écoutez ! lança soudain Mathilde. Est-ce que vous n'entendez rien ?

À l'instant où le *Sémaphorius IV* passait le porche barrant la rade, un formidable mugissement sembla soulever les eaux.

C'était celui que nous avions entendu depuis

les profondeurs de notre cachot, mais si proche cette fois que toute la voûte en tremblait.

Puis quelque chose surgit de la brume. Quelque chose que je pris tout d'abord pour un périscope. Mais quel sous-marin géant aurait pu être armé d'une tourelle aussi longue ?

Ce n'était pas un périscope. Plutôt le cou luisant de quelque animal formidable qui émergeait des eaux avec lenteur à vingt mètres seulement du bateau.

Paralysés de terreur, nous vîmes s'élever en ondulant la courte tête de lézard qui le surmontait, tandis qu'un nouveau mugissement de rage découvrait une impressionnante rangée de dents acérées.

– Ness… Ness… Ness… bégaya P. P. au comble de l'effroi. Nessie.

– C'est elle ! C'est Nessie ! hurla Mathilde à son tour. Elle vient délivrer son petit !

Oui, c'était bien le monstre dont j'avais vu les photos dans la documentation de P. P. : le long cou de diplodocus en forme de point d'interrogation, le corps énorme, profilé comme un obus, qui affleurait maintenant à la surface de l'eau dans un prodigieux bouillonnement. Une bête d'au moins quarante mètres dont la tête dépassait

les haubans du *Sémaphorius* comme s'il s'était agi d'une vulgaire maquette en bois !

Avait-elle vu le tyrannodon dans son aquarium ? Il y eut un nouveau mugissement, puis Nessie plongea, disparaissant sous les eaux avec une souplesse extraordinaire.

À bord du *Sémaphorius IV*, c'était la panique. Mac Dermott essaya bien de manœuvrer : d'un coup de barre désespéré, il tenta d'éviter l'énorme torpille qui fonçait droit sur eux.

Trop tard. Le choc fut terrible. Éperonné de plein fouet, le chalutier se renversa dans un craquement de bois déchirant, l'étrave fendue.

Je ne voulais pas voir ça. Projetés dans les airs, Anton et Mac Dermott pataugeaient maintenant dans les eaux noires du loch, au milieu des débris de leur bateau qui sombrait.

L'aquarium, lui non plus, n'avait pas résisté à la violence du choc. Il avait glissé dans l'eau où il parut flotter un instant avant de s'enfoncer brutalement, libérant le tyrannodon.

C'est alors que nous vîmes le plus extraordinaire spectacle de toute cette aventure : Nessie, soudain calmée, ignorant superbement les deux olibrius qui barbotaient à quelque distance, retrouvait son petit.

Avec délicatesse, elle s'approcha de lui, l'entourant de son cou interminable tandis qu'il se roulait contre son flanc. On aurait dit deux énormes otaries jouant l'une avec l'autre dans un joyeux bouillon, se faisant fête et soulevant d'immenses gerbes d'écume.

– Mon appareil ! geignit P. P. Mon royaume pour un appareil photo !

Mais déjà Nessie et son petit s'éloignaient, nageant côte à côte. Nous aperçûmes une dernière fois leurs deux masses sombres qui se coulaient dans la brume, puis ce fut fini.

Ils avaient disparu.

– Je n'aurais pu rêver d'un dénouement plus heureux, dit enfin la voix grave d'oncle Archibald. Ce jeune tyrannodon avait encore besoin de sa mère. Les voilà réunis. Tout est bien qui finit bien.

– Mais vos recherches ? bredouilla P. P. tandis que Cornélia, d'une poigne solide, tirait de l'eau Sémaphorius et son complice, trop étourdis encore pour résister. Vos travaux ? Qui les achèvera ?

– Qui sait ? fit oncle Archibald avec un sourire énigmatique. Tout cela est sans importance, mon cher neveu. Aucune étude ne valait le spectacle qu'il nous a été donné de voir aujourd'hui : la démonstration du dévouement maternel d'un monstre de la préhistoire.

Puis, se tournant vers les deux complices :

– Garrottez-les bien, Cornélia, conclut-il. Ces gentlemen vont passer de nombreuses années dans les prisons de Sa Majesté. Mais le souvenir qu'ils emportent devrait compenser ce mauvais sort, vous ne croyez pas ?

Nous hochâmes la tête tous ensemble. Dans leurs vêtements dégoulinants, Sémaphorius et Mac Dermott ressemblaient à deux hallucinés si misérables que nous ne pûmes nous empêcher d'éclater de rire.

Même Sherlock se mit à ricaner.

Après tout, il faisait partie de la bande désormais.

Épilogue

– Chers enfants, je lève mon verre à vos futures vacances. Vous les avez bien méritées.

Nous étions rassemblés autour d'oncle Archibald, devant la cheminée de Keays où brûlait un bon feu. Il pleuvait, comme d'habitude, mais après nos aventures, c'était un délice de se retrouver bien au chaud sous les trophées d'oncle Archibald, avec le ruissellement des gouttes sur les vitres et le bruit du vent.

Nous nous étions tous mis sur notre trente et un pour le dîner. Mathilde étrennait la robe longue spécialement achetée pour honorer l'invitation au château, P. P. un tartan et des chaussettes montantes qui en faisaient la réplique miniature de son oncle. Moi, je n'avais qu'un vieux jean et mes baskets pourries, mais bon : il n'y a que là-dedans que je me trouve bien.

Même Sherlock arborait autour du cou un nœud papillon subtilisé dans la garde-robe d'oncle Archibald. Assis sur la table basse, il jonglait avec des cacahuètes et fourrait son museau dans tous les verres. Mais qui aurait pu lui en vouloir après notre aventure ?

– Anton Sémaphorius et Mac Dermott doivent être loin à l'heure qu'il est, dit oncle Archibald en consultant sa montre avec un petit sourire entendu.

Nous dressâmes tous l'oreille.

– Comment, mon oncle ? Vous ne les avez pas livrés à la police ? s'indigna P. P.

– Pour quel motif ? Ne l'oubliez pas : le tyrannodon n'a jamais existé que pour vous et moi. Je ne vous ai pas fait promettre de garder le secret pour en informer la police. Et puis, je crois que la leçon a été suffisante : Anton n'est pas un mauvais bougre, après tout. Comment le blâmer d'avoir voulu s'attribuer une découverte aussi fabuleuse ?

– Vous oubliez qu'il nous a séquestrés dans ce réduit infâme.

Oncle Archibald secoua la tête avec indulgence.

– Cela vous apprendra à fourrer votre nez partout, mon neveu. D'ailleurs, Anton m'a avoué qu'à peine arrivé en lieu sûr il aurait prévenu le château de notre présence dans l'île.

– Au fait, intervint Mathilde. Comment Cornélia nous a-t-elle retrouvés ?

– C'est vrai, Miss Blondine, j'oubliais. Oh ! une histoire très simple : une version moderne de la bouteille à la mer qu'on pourrait appeler « les bocaux dans le loch ». Inquiète de ne pas vous trouver, cette brave Cornélia est descendue jusqu'à l'embarcadère. La barque avait disparu, mais à sa place flottaient d'étranges provisions dans des bocaux en verre : lapin aux morilles, chou farci…

– Mon pique-nique ! s'exclama P. P.

– Le courant l'avait rapporté jusqu'au rivage, poursuivit oncle Archibald en riant. Cornélia a tout de suite compris qu'il se passait quelque chose. N'écoutant que son courage, elle a sauté dans le hors-bord du château et gagné Kilarn'agh. En errant dans les ruines à notre recherche, elle est tombée sur Sherlock qui l'a guidée jusqu'à notre cachot. Vous connaissez la suite.

Je n'en revenais pas : être sauvé par la gloutonnerie de P. P. Cul-Vert et par un singe albinos, c'était tout de même fort de café !

– Mais Cornélia ? interrogea Mathilde. Qui est-elle exactement ?

– Je me doutais bien que vous me poseriez la question. Un personnage étrange… Je l'ai rencontrée à l'époque où je travaillais pour les services secrets de Sa Majesté.

– Vous, mon oncle, un espion ? s'étrangla P. P. Moi qui vous prenais pour un doux génie dans mon genre !

– Les apparences sont parfois trompeuses, n'est-ce pas ? Cornélia appartenait aux commandos des forces spéciales. Vous avez remarqué son physique de colosse. Sachez qu'elle est huitième dan de judo, nageur de combat et qu'entre autres petits talents, elle est capable de fendre d'une manchette cette grosse table en chêne avec autant d'aisance qu'elle écraserait une mouche !

Je ne pus retenir une grimace en regardant la table : elle faisait bien vingt centimètres d'épaisseur.

– Un as dans sa spécialité, continua oncle Archibald en savourant notre surprise. Seulement, il y a eu un hic : à force de s'entraîner au silence pour résister à d'éventuels interrogatoires, cette brave Cornélia a perdu l'usage de la parole. Pas très commode, n'est-ce pas, dans un métier qui consiste à rapporter des renseignements secrets… Quand je me suis installé ici, Cornélia est entrée à mon service : elle me sert de chauffeur, de cuisinière, de gouvernante et de garde du corps. Une employée modèle, exception faite de sa détestable habitude de faire cuire les œufs à la coque quinze secondes de trop. Mais que voulez-vous : personne n'est parfait.

– En tout cas, dis-je, nous lui devons une fière chandelle. Sans elle, nous serions encore à croupir dans le cachot de Kilarn'agh.

– Et si nous passions à table, maintenant ? suggéra P. P. Je ne sais pas si vous êtes comme moi, mais je commence à avoir un petit creux. Sherlock a grignoté toutes les cacahuètes et…

– Décidément, mon cher neveu, dit oncle Archibald en éclatant de rire, vous ne changerez jamais. Toujours aussi glouton ! Savez-vous ce que vous mériteriez ?

– Une bonne fessée, si Monsieur le permet, lança une voix de basse derrière nous.

Nous nous retournâmes tous d'un bloc. Cornélia se tenait sur le seuil, un plateau à la main. Elle portait à nouveau son tablier de gouvernante et un petit bonnet de dentelle qui la rendaient curieusement inoffensive.

– Mais, Cornélia, vous parlez ! s'écria oncle Archibald.

C'était elle qui paraissait la plus surprise. Ses lèvres s'arrondirent en O tandis que les mots se bousculaient soudain dans sa bouche.

– Que Monsieur me pardonne ! Ce doit être l'émotion. Le spectacle de ce jeune tyrannodon et de sa mère… Je ne sais pas ce qui m'arrive.

Nous l'entourâmes en la congratulant à qui mieux mieux, tandis que Sherlock en profitait pour se suspendre au lustre en imitant le cri de Tarzan.

– En tout cas, conclut oncle Archibald, je compte sur vous pour garder le secret sur ce que vous avez vu.

– Que Monsieur ne s'inquiète pas, assura Cornélia avec un grand sourire : je serai muette comme une tombe.

Pour ça, on pouvait compter sur elle. Elle l'avait prouvé.

– Maintenant, dit-elle en retrouvant ses manières dignes et compassées, si vous voulez bien passer à table, Mademoiselle est servie.

– Merci, dit Mathilde en s'inclinant. Rémi, si tu veux bien me servir de cavalier…

C'est ainsi que je fis mon entrée dans la salle à manger au bras de Mathilde, rayonnante dans sa robe de soirée, les cheveux noués d'un joli ruban argenté.

Il nous restait encore une semaine de vacances avant la rentrée. Le secret qui me liait à mes amis lui donnait un éclat particulier, nous rendant tous complices du grand mystère qu'abritait lc loch.

– Chère Miss Blondine, dit oncle Archibald en prenant sa place à table, votre amour des animaux a permis de sauver ce jeune tyrannodon d'un sort peu enviable. Promettez-moi de ne plus jamais dire « commilestmignon » et, en remerciement, vous pourrez revenir à Keays Castle quand bon vous semble. Je crois que Sherlock va beaucoup s'ennuyer sans sa maîtresse d'adoption. Il sera très honoré que vous lui rendiez visite.

– Merci, oncle Archibald, dit Mathilde en rougissant tandis que le chuchurda se lovait sur ses genoux. Il me manquera beaucoup aussi.

– Quant à vous, jeune Pheramone, j'ai cru deviner à votre regard votre intérêt pour cette magnifique cornemuse héritée de mes ancêtres. Je vous l'offre de grand cœur, en signe de gratitude.

– Euh, trop aimable…, bredouillai-je pendant que Mathilde s'étranglait discrètement de rire derrière sa serviette.

– Et vous, mon neveu ? continua oncle Archibald en se tournant vers P. P. Faites un vœu, et il sera exaucé.

P. P., pris de court, fronça les sourcils pour réfléchir, ce qui eut pour effet de faire remonter ses lunettes sur son nez. On aurait dit un gros crapaud clignant des yeux derrière un masque de plongée trop grand pour lui.

– Je crois que j'ai trouvé, se décida-t-il enfin en se penchant vers l'oreille de son oncle. C'est une requête un peu spéciale. Mais comme je suis le héros de cette histoire…

Nous n'entendîmes pas ce qu'il murmura à oncle Archibald. P. P. a toujours été un peu cachottier sur les bords, mais oncle Archibald accepta volontiers ce qu'il lui demandait.

– Maintenant, dit-il, que les vacances commencent ! N'en déplaise à mon neveu, j'ai moi aussi une faim de loup.

– Alors, triompha P. P. en se penchant vers nous, que pensez-vous de mon invitation au château ? Est-ce que je ne suis pas le grand, l'immense Pierre-Paul de Culbert ? Je n'ai qu'un regret, mes amis, mais il est de taille…

– Un regret ? Mais lequel ? demandai-je d'une seule voix avec Mathilde.

– N'avoir pu m'inventer moi-même, répliqua modestement P. P. en baissant les yeux.

Nous partîmes tous d'un grand éclat de rire.

Décidément, on ne changera jamais P. P. Cul-Vert.

Et son vœu, me direz-vous ?

Ceux qui visitent aujourd'hui Keays Castle s'arrêtent avec curiosité devant un grand portrait qui trône au-dessus de la cheminée principale. On y voit un énergumène en tenue folklorique qui joue de la cornemuse, un pied posé sur une pile de bouquins, les lunettes tachées d'encre, avec l'air avantageux d'un saucisson à la devanture d'une charcuterie artisanale.

« Pierre-Paul Louis de Culbert, dit le cartouche fixé sur le cadre, génie méconnu de la musique et unique chevalier de l'Ordre Secret du Tyrannodon. »

Le peintre, à la demande d'oncle Archibald, a ajouté aux armoiries de la famille l'esquisse d'une bête étrange, moitié diplodocus, moitié lézard palmé.

Ne me demandez pas ce qu'elle représente. C'est le vœu de P. P. et notre secret, à Mathilde et à moi.

Même si l'on m'obligeait à subir un concert de cornemuse aquatique, je ne le trahirais pas. Parole de Rémi Pharamon !

Table des matières

Jean-Philippe Arrou-Vignod

L'auteur

Jean-Philippe Arrou-Vignod est né à Bordeaux. Il vit successivement à Cherbourg, Toulon et Antibes, avant de se fixer en région parisienne. Après des études à l'École normale supérieure et une agrégation de lettres, il enseigne le français au collège. Passionné de lecture depuis son plus jeune âge, il s'essaie très tôt à l'écriture et publie son premier roman à l'âge de vingt-six ans. Il est depuis l'auteur de nombreux ouvrages, pour la jeunesse comme pour les adultes.

Du même auteur chez Gallimard Jeunesse

Histoires des Jean-Quelque-Chose

L'Omelette au sucre
Le Camembert volant
La Soupe de poissons rouges
Des vacances en chocolat
La Cerise sur le gâteau
Une belle brochette de bananes
Un petit pois pour six
Une famille aux petits oignons (*compilation*)

Magnus et Mimsy

Magnus Million et le dortoir des cauchemars
Mimsy Pocket et les enfants sans nom

Le Collège fantôme

Agence Pertinax, Filatures en tout genre

Bon anniversaire !

L'Invité des CE2

Louise Titi (*album illustré par Soledad*)

Rita et Machin (*série d'albums réalisée en collaboration avec Olivier Tallec*)

Le Prince Sauvage et la renarde (*album illustré par Jean-Claude Götting*)

Serge Bloch

L'illustrateur

Serge Bloch vit à Paris. Après diverses tentatives pour apprendre à jouer d'un instrument de musique, il suit les conseils d'un ami et se penche sur une table à dessin. Le mauvais musicien se révèle un illustrateur de talent ! Serge Bloch se résume ainsi : « Comme tout illustrateur illustre, j'illustre. Je me suis frotté à la bande dessinée humoristique, je fais quelques albums, des livres de poche et je travaille beaucoup dans des journaux pour enfants. »

Le papier de cet ouvrage est composé de fibres naturelles, renouvelables, recyclables et fabriquées à partir de bois provenant de forêts plantées et cultivées expressément pour la fabrication de la pâte à papier.

Mise en pages : Chita Lévy

Loi n° 49-956 du 16 juillet 1949
sur les publications destinées à la jeunesse
ISBN : 978-2-07-510044-1
Numéro d'édition : 360560
Premier dépôt légal dans la même collection : juin 1998
Dépôt légal : août 2019

Imprimé en Espagne chez Novoprint (Barcelone)